Милочка

Варвара Андреевская

Милочка

© Bibliotech Press, 2021

ISNB: 978-1-63637-709-4

ISNB: 978-1-63637-709-4

ОГЛАВЛЕНIЕ

МИЛОЧКА

На дворѣ стоялъ одинъ изъ тѣхъ непривѣтливыхъ осеннихъ дней, про которые можно по справедливости сказать, что "въ такую погоду добрый хозяинъ собаку не выгонить"; мелкій, точно сквозь сито моросившій дождь, шелъ не переставая, съ самаго утра и подгоняемый отъ времени до времени сильными порывами пронзительнаго вѣтра, безцеремонно падалъ на шляпы, пальто и зонтики прохожихъ.

По улицамъ и тротуарамъ небольшаго уѣзднаго городка N...— гдѣ происходить разсказъ мой — виднѣлись цѣлыя лужи, и все окружающее пространство казалось окутаннымъ густымъ туманомъ, среди котораго тамъ и сямъ мелькали тусклые, едва мерцающіе фонари; свѣтъ отъ нихъ, и въ обыкновенную пору не особенно завидный, теперь казался еще мизернѣе.

— Ну, ужъ погодка!— проговорила вслухъ сама себѣ бѣдно-одѣтая старушка, торопливо шагавшая по скользкому тротуару; она держала въ рукахъ довольно объёмистую корзинку съ яблоками и казалась очень утомленною.— "Скорѣе бы добраться до дому,— продолжала женщина свои размышленія,— хоть по часамъ-то оно рановато, да дѣлать нечего, видно сегодня надо отказаться отъ выручки!.."

Съ этими словами старушка бережно накрыла товаръ свой промокшею отъ дождя тряпкою и, грузно шлепая по водѣ и грязи стоптанными сапогами, чуть не бѣгомъ пустилась по направленію къ дому.

Идти пришлось порядочно, такъ какъ жилище ея находилось въ одной изъ отдаленныхъ частей города, гдѣ вмѣсто тротуаровъ тянулись простые деревянные мостки, а фонарей почти совсѣмъ не было; но вотъ наконецъ длинное путешествіе кончилось. Татьяна — такъ звали старушку — навернула въ ворота низкаго, одноэтажнаго дома и, поднявшись по лѣстницѣ, по прошествіи нѣсколькихъ минутъ очутилась въ маленькой, совершенно бѣдной, хотя въ то же самое время чрезвычайно опрятной комнаткѣ.

Только-что успѣла она поставить на столъ корзинку съ яблоками, зажечь свѣчу, снять насквозь промокшее платье и обувь, какъ вдругъ услышала стукъ въ наружныя двери.

— Кто тамъ? — спросила Татьяна.

— Мы, бабушка, пусти! — отозвался дѣтскій голосъ.

Татьяна молча отодвинула дверную задвижку, на порогѣ показался мальчуганъ лѣтъ восьми, онъ держалъ за руку прелестную маленькую дѣвочку.

— Мы уже два раза, бабушка, стучали, — заговорилъ мальчуганъ, — только тебя все не было дома.

— А намъ очень хотѣлось кушать, — добавила дѣвочка: — мама же спитъ, не просыпаясь, почти съ тѣхъ поръ, какъ ты ушла на рынокъ продавать яблоки.

— Бѣдняжки, вы должны дѣйствительно проголодаться, садитесь скорѣе къ столу, я накормлю васъ чѣмъ-нибудь, а пока вотъ возьмите полакомтесь...

И добрая женщина, доставъ изъ корзинки два самыя, большія яблока, подала одно изъ нихъ мальчику, котораго звали Федей, а другое его сестренкѣ Людмилочкѣ.

Дѣти поблагодарили Татьяну и принялись кушать полученный гостинецъ съ большимъ аппетитомъ, при чемъ внимательно слѣдили глазами за каждымъ движеніемъ старушки, которая, подойдя къ шкафу, вынула оттуда миску со щами, и немного гречневой каши, вѣроятно оставшіяся отъ обѣда.

— Садитесь, — обратилась она къ своимъ маленькимъ посѣтителямъ.

Послѣдніе не заставили дважды повторить любезное

предложеніе; щи и каша на голодный желудокъ показались имъ очень вкусными, они кушали съ видимымъ наслажденіемъ и, противъ обыкновенія, даже совсѣмъ не разговаривали, безпрестанно наполняя маленькіе ротики; въ комнатѣ, минутъ около десяти, царствовала полнѣйшая тишина, нарушаемая только легкимъ позвякиваніемъ оловянныхъ ложекъ о тарелки; наконецъ Татьяна заговорила первая.

— А что, мама послѣ меня не жаловалась больше на боль въ груди, и не кашляла?— обратилась она къ Федѣ.

— Сначала немного охала, потомъ перестала и заснула.

— Въ горницѣ-то у васъ я думая холодно; ты не топилъ сегодня?

— Чѣмъ топить, бабушка, когда нѣтъ ни дровъ, ни денегъ, чтобы купить ихъ.

Старушка грустно покачала головой; опять наступило молчаніе, и опять она же первая нарушила его слѣдующими словами:

— Закусили немножко, утолили голодъ?

— Спасибо, бабушка, закусили, теперь мы больше не голодны, дай тебѣ Богъ здоровья.

— А коли не голодны, такъ пойдемте къ мамѣ, можетъ ей что-нибудь надобно, вѣдь она, бѣдняга, слаба, встать съ постели безъ посторонней помощи не въ силахъ.

Дѣти поспѣшно выскочили изъ-за стола и послѣдовали за Татьяной по направленію къ выходной двери.

Пройдя черезъ холодныя сѣни, они вошли въ крошечную, сырую, непривѣтливую горенку, гдѣ жили Федя и Людмилочка, или просто Милочка, какъ обыкновенно называли маленькую дѣвочку домашніе. Жили они со своею матерью, бѣдною вдовою, которая, оставшись послѣ смерти мужа безъ всякихъ средствъ, собственными трудами прокармливала себя и семью,

3

до тѣхъ поръ, пока была здорова и имѣла достаточно силъ, чтобы работать, но къ несчастію силы скоро истощились, здоровье оказалось надорваннымъ, она слегла; и вотъ туть-то для бѣдныхъ малютокъ наступилъ цѣлый рядъ мучительныхъ, голодныхъ дней и всевозможнаго лишенья, такъ что еслибы не добрая сосѣдка, бабушка Татьяна, то имъ навѣрное пришлось бы очень жутко.

— Тише, не шумите,— шепнула имъ старушка, осторожно шагая по полу, и держа въ рукѣ сальный огарокъ, который тщательно прикрывала ладонью, чтобы свѣтъ отъ него не обезпокоилъ больную.

Но больная, повидимому, не обратила ни малѣйшаго вниманія на него, потому что продолжала по прежнему лежать покойно, и даже не пошевельнулась.

— Спитъ,— проговорилъ едва слышно Федя.

— Спитъ должно быть,— такъ же тихо отвѣчала Татьяна, затѣмъ поставила свѣчу на сундукъ и приблизилась къ кровати.

Освѣщенная едва пылающимъ сальнымъ огаркомъ комната представляла ужасную картину: холодъ, сырость, нищета... вотъ что наполняло ее, вотъ что гнѣздилось въ ней всюду... Бѣдная больная женщина, далеко еще не старая, лежала на сколоченной изъ простыхъ досокъ койкѣ, и когда-то очевидно красивое лицо ея, теперь смотрѣло угрюмо; оно было совершенно блѣдно, искажено страданіемъ, носъ какъ-то заострился, губы посинѣли, длинныя, костлявыя руки, словно плетки, тянулись вдоль исхудалаго туловища... глаза оставались закрытыми.

Татьяна нагнулась къ больной совсѣмъ близко, взяла за руку, попробовала пульсъ, дотронулась до похолодѣвшаго лба, послушала біеніе сердца, затѣмъ, вставъ на колѣни, осѣнила себя крестнымъ знаменіемъ, припала головою къ подушкѣ, и едва сдерживая рыданіе проговорила тихо, тихо:

4

— Скончалась, несчастная, одна одинешенька безъ всякой помощи! Еслибы я это могла предвидѣть, не ушла бы на базаръ сегодня торговать яблоками.

— Бабушка, что ты говоришь? О чемъ плачешь?— тревожно спросилъ Федя, держа за руку Милочку, которая, не сознавая своего печальнаго положенія, совершенно спокойно смотрѣла на старушку, и никакъ не могла сообразить, что такое случилось.

— Встаньте, друзья мои, на колѣни... Помолитесь за маму. Она умерла...— пояснила Татьяна.

Федя разразился громкимъ рыданіемъ; Милочка глядя на него тоже заплакала, но затѣмъ почти сейчасъ же обратилась къ старушкѣ съ вопросомъ, что значитъ слово "умерла".

— Это значитъ, что ее взялъ Боженька... Что она больше не будетъ жить съ вами, и что вы ее никогда, никогда не увидите.

Милочка пристально взглянула на мать, горько заплакала и, припавъ головкою къ ея блѣдному лицу, принялась молча покрывать его поцелуями. Федя дѣлалъ тоже самое. Глядя на нихъ, у Татьяны, какъ говорится, сердце разрывалось на части.

Эта нѣмая сцена продолжалась довольно долго, затѣмъ старушка, желая положить ей конецъ, осторожно отстранила Милочку отъ трупа матери, взяла ее на руки, и позвавъ Федю, удалилась съ ними обратно въ свою каморку, гдѣ, наскоро устроивъ двѣ постели, одну просто на полу, другую на скамейкѣ, уложила дѣтей спать, и сама отправилась къ остальнымъ сосѣдямъ, обитателемъ маленькаго домика, чтобы сообщить обо всемъ случившемся, и предложить на общія средства похоронить бѣдную женщину.

Предложеніе было охотно принято; сосѣди оказались очень добрыми, несмотря на то, что почти всѣ, безъ исключенія, были люди недостаточные.

Съ наступленіемъ слѣдующаго дня начались различныя хлопоты; больше всѣхъ конечно волновалась Татьяна.

Федя ходилъ блѣдный, растерянный; глаза его опухли отъ слезъ; Милочка же какъ будто успокоилась... она почти не плакала, а только глядѣла на всѣхъ не то съ удивленіемъ, не то съ какимъ-то безотчетнымъ страхомъ, и постоянно прижималась или къ братишкѣ, или къ бабушкѣ Татьянѣ, которая, пріютивъ сиротокъ у себя, цѣлые три дня даже не отлучалась на базаръ торговать яблоками, что для нея было очень чувствительно, такъ какъ она жила на вырученныя деньги, и средства начали замѣтно истощаться.

Вечеромъ, въ день похоронъ матери Феди и Милочки, Татьяна, уложивъ дѣтей спать, глубоко задумалась: жаль ей было бросить малютокъ, жаль разстаться съ ними, а между тѣмъ оставлять у себя тоже было немыслимо; она рѣшительно не знала на чемъ остановиться, какъ поступить... Цѣлая вереница мыслей, одна другой мрачнѣе, одна другой печальнѣе, тянулись въ ея покрытой сѣдиною головѣ; старушка сидѣла неподвижно на придвинутомъ къ окну табуретѣ, безцѣльно смотрѣла на улицу, гдѣ, кромѣ почернѣвшей отъ времени и сырости стѣны сосѣдняго дома, ничего не было видно; по всей вѣроятности она долго, долго просидѣла бы подобнымъ образомъ, увлеченная тяжелыми думами, еслибъ не услыхала, что кто-то осторожно постучался въ двери.

— Кто бы могъ придти въ такую позднюю пору? — проговорила она вздрогнувъ, и встала съ мѣста, чтобы впустить неожиданнаго посѣтителя.

— Кто тамъ? — спросила она нерѣшительно, прежде чѣмъ отворить дверь.

— Я, тетушка Татьяна, отопри! — отозвался женскій голосъ.

— Да кто такой "я" — назовись по имени.

— Господи! неужели не узнала, я — Настасья.

— Ахъ, Настасья, милая, очень рада! Откуда Богъ принесъ, здравствуй!

И широко распахнувъ дверь, старушка съ распростертыми объятіями встрѣтила дорогую гостью, которая оказалась ея племянница, пріѣхавшая изъ пригородной деревни съ цѣлымъ возомъ молока, сливокъ и прочихъ молочныхъ продуктовъ для продажи.

— Все это оставила неподалеку на постояломъ дворѣ, а сама забѣжала къ тебѣ на ночлегъ, не выгонишь?— сказала молодая женщина, усаживаясь на скамейку,— ба, да что это у тебя два ночлежника никакъ? Откуда Богъ послалъ, одинъ лучше другого!— добавила она, взглянувъ на спящихъ сиротокъ.

Татьяна въ короткихъ словахъ передала племянницѣ печальную исторію Феди и Милочки. Настасья слушала внимательно; она, нѣсколько разъ заходя къ Татьянѣ, видала мать бѣдныхъ малютокъ, знала ее еще здоровою, и теперь, услыхавъ о ея смерти, искренно пожалѣла.

— Что же ты однако думаешь дѣлать, тетушка, съ этими дѣтьми?— спросила она, когда старушка замолчала.

— Что дѣлать?

— Да.

— Ума не приложу, Настенька; выгнать на улицу жалко, а оставить у себя невозможно. Сама знаешь мои достатки, живу перебиваясь изо-дня въ день; одной кое-какъ хватаетъ, да и то не всегда, а тутъ еще двоихъ дѣтей прокормить, шутка ли сказать... откуда я возьму... Потомъ тоже воспитать ихъ надо, въ школу опредѣлить, или ремеслу какому научить! Гдѣ мнѣ на старости лѣтъ такими дѣлами заниматься... Ни ума, ни силъ не хватаетъ!— Настасья вполнѣ согласилась съ мнѣніемъ своей собесѣдницы; разговоръ между ними продолжался довольно долго; много было сказано разныхъ разностей, разныхъ предположеній, наконецъ на общемъ совѣтѣ порѣшили такъ:

Милочка должна была остаться жить съ Татьяной по крайней мѣрѣ года два, однимъ словомъ, до тѣхъ поръ, пока немножко подростетъ и пока для нея еще ничего не надобно, кромѣ хорошаго ухода, а затѣмъ Татьяна намѣревалась какъ-нибудь устроить ее въ пріютъ; что же касается Феди, то Настасья обѣщала увезти его съ собою въ деревню.

— Мы возьмемъ мальчика вмѣсто сына, — говорила она, — мой мужъ будетъ очень радъ; дѣтей у насъ нѣтъ, и мужъ нѣсколько разъ говорилъ, что охотно поискалъ бы пріемыша.

— Такъ что ты завтра же увезешь Федю?

— Конечно!

— А если мужъ твой передумалъ, если онъ разсердится и не захочетъ взять его?

— Нѣтъ же, тетушка, по-русски говорю тебѣ, мой Максимъ давно желаетъ имѣть пріемнаго сына, онъ навѣрное обрадуется и очень полюбитъ Федю, который, какъ кажется, добрый, хорошій мальчикъ... — Тутъ рѣчь крестьянки вдругъ оборвалась на полуфразѣ, она услыхала, что кто-то тихо всхлипываетъ.

— Федя, что съ тобою? не спишь развѣ? — тревожно окликнула мальчика Татьяна, замѣтивъ, что онъ повернулся на постели и, уткнувшись лицомъ въ подушку, судорожно вздрагиваетъ всѣмъ своимъ маленькимъ, тщедушнымъ тѣльцемъ.

— Я еще не успѣлъ заснуть, бабушка, и слышалъ весь вашъ разговоръ! — отозвался мальчикъ сквозь слезы.

— О чемъ же ты плачешь, касатикъ?

— Какъ о чемъ плачу, бабушка, развѣ мнѣ легко будетъ разстаться съ Милочкой, вѣдь теперь кромѣ ее у меня никого не осталось на свѣтѣ... да и тебя, бабушка, жалко... долго вѣдь жили вмѣстѣ, привыкъ... мама очень любила тебя и часто говорила: славная эта Татьяна, добрая... Татьяна вмѣсто отвѣта взяла Федю на руки, положила его головку къ себѣ на плечо и, крѣпко обхвативъ за талію, сама готова была расплакаться.

— Ну, полно, полно,— вмѣшалась Настасья, ласково погладивъ мальчика по курчавымъ волосамъ,— не на вѣкъ разстанешься съ Милочкой и съ бабушкой; разъ, а иногда и два раза въ мѣсяцъ, мы доставляемъ сюда молоко для продажи; ты будешь пріѣзжать съ нами постоянно; не плачь же, не горюй, въ деревнѣ тебѣ очень понравится.

Мальчикъ ничего не отвѣчалъ, а только тихо всхлипывалъ.

— У насъ есть лошадь,— продолжала между тѣмъ Настасья,— коровы, овцы, курицы, жизнь веселая... Зимой будешь играть въ снѣжки съ другими ребятишками, лѣтомъ ходить въ поле и въ лѣсъ за грибами да за ягодами...

Весь этотъ монологъ Настасья проговорила какъ-то скоро, отрывисто; она чувствовала, что, глядя на взаимную тоску старушки и мальчика-сиротки, у нея слезы подступаютъ къ горлу; она боялась, что не совладаетъ съ собою, расплачется, и начала говорить безъ склада и лада все, что приходило на умъ, надѣясь этой болтовней сколько нибудь утѣшить Федю.

Слова ея, однако, не пропали даромъ; Федя, слушая ихъ, хотя не пересталъ плакать, но тѣмъ не менѣе невольно задумался о веселыхъ играхъ среди товарищей, о ежедневныхъ прогулкахъ по лѣсу, о томъ, что ему, вѣроятно, будутъ позволять ухаживать за лошадью, задавать ей кормъ, водить на водопой... Пылкое дѣтское воображеніе мальчика рисовало ему такія заманчивыя картины, что онъ, увлекшись ими, незамѣтно для самого себя, мало-по-малу сладко задремалъ, и въ концѣ-концовъ уснулъ такъ крѣпко, что даже не слыхалъ, какъ Татьяна снова уложила его на прежнее мѣсто и прикрыла одѣяломъ.

На слѣдующее утро Федя проснулся довольно поздно; когда онъ открылъ глаза, въ комнатѣ кромѣ Милочки, копошившейся въ коробкѣ съ лоскутками и куклами, сшитыми покойною матерью изъ старенькихъ тряпочекъ, никого не было. Онъ лѣниво потянулся на постелѣ и, стараясь припомнить всѣ подробности вчерашняго разговора, опять чуть не расплакался.

— Милочка,— окликнулъ онъ сестру,— гдѣ бабушка Татьяна, гдѣ та женщина, которая пріѣхала вчера сюда поздно вечеромъ?

— Развѣ эта женщина еще вчера пріѣхала?— вмѣсто отвѣта въ свою очередь спросила дѣвочка.

— Ахъ да, я и забылъ, ты вѣдь спала, когда она вошла въ комнату и ничего не знаешь; но гдѣ же теперь-то она, вотъ что для меня интересно?

— Ушла вмѣстѣ съ бабушкой.

— Давно?

— Порядочно.

— Куда?

— Бабушка на рынокъ, продавать яблоки, чтобы на вырученныя деньги купить хлѣба, а женщина въ городъ по какому-то дѣлу; она должно быть очень добрая, Федя.

— Почему ты такъ думаешь?

— Потому что обѣщала принести намъ къ обѣду творогу, сметаны, молока и сливокъ; все это вѣдь очень вкусно... мы угостимся на славу, угостимся такъ, какъ давно, давно не угощались...

— Но за то потомъ, Милочка, долго не будемъ обѣдать вмѣстѣ.

Милочка взглянула на брата вопросительно.

— Да,— продолжалъ послѣдній,— долго, долго!— и, вставъ съ постели Началъ поспѣшно складывать и прибирать ее вмѣстѣ съ подушкой и одѣяломъ.

— Почему же мы долго не будемъ вмѣстѣ обѣдать?— спросила Милочка серьезно.

— Потому, моя голубушка, что женщина эта сегодня же увезеть меня съ собою...

— Какъ увезеть?

— Просто посадить на телѣгу и увезеть.

— Куда?— все съ большимъ я большимъ безпокойствомъ спрашивала Милочка.

— Далеко... въ деревню... я уже больше не буду жить у бабушки...

— А я-то какъ же?

— Ты останешься здѣсь.

— Останусь здѣсь?

— Да.

— Безъ тебя, Федя?

Мальчикъ утвердительно кивнулъ головой.

Милочка привстала съ мѣста; хорошенькое личико ея моментально покрылось блѣдностью, губы задрожали, она бросилась на шею брата и, охвативъ ее рученками, такъ и повисла, обливаясь горючими слезами.

— Нѣтъ, Федя, не бывать этому, не пущу я тебя къ ней, ни за что не пущу!

— Да, голубка моя, тебя и не спросятъ.

— Не пущу, не пущу! Противная, гадкая женщина!— кричала она на всю комнату,— не хочу я ни творогу ея, ни сметаны, ни сливокъ...

И не переставая плавать, бѣдная малютка положительно приходила въ отчаяніе.

Видя безграничное горе сестренки, Федя, позабывъ о собственныхъ страданіяхъ, принялся ее уговаривать какъ только могъ и умѣлъ. Самымъ краснорѣчивымъ образомъ старался онъ описать свою жизнь въ деревнѣ, и прелесть ихъ свиданій здѣсь у бабушки аккуратно разъ или два въ мѣсяцъ.

Милочка сначала вовсе не слушала рѣчь Феди, заглушая ее криками и всхлипываніемъ, затѣмъ, немного успокоившись, притихла; но выраженіе ея личика сдѣлалось до того сумрачно, до того печально, что, глядя на него, Федя, безгранично любившій сестру, даже испугался.

Около получаса бѣдные сиротки просидѣли другъ противъ друга молча, наконецъ въ сѣняхъ послышался шорохъ, наружная дверь отворилась и на порогѣ показалась Татьяна съ корзинкой въ рукахъ.

— Все распродала, слава Богу,— сказала она, вынимая изъ корзинки толстый ломоть хлѣба и еще нѣсколько свертковъ,— придетъ Настасья, принесетъ намъ деревенскаго гостинца, устроимъ обѣдъ на славу!

— Я, бабушка, не буду кушать ея гостинцевъ,— возразила Милочка,— она гадкая, злая, хочетъ увезти отъ насъ Федю,— и бѣдная дѣвочка снова разразилась громкими рыданіями. Татьянѣ стоило большого труда уговорить ее; Милочка твердо стояла на своемъ, утверждая, что ни за какія блага въ мірѣ не прикоснется ни къ творогу, ни къ сметанѣ, ни къ сливкамъ. И дѣйствительно, когда Настасья, по прошествіи нѣкотораго времени, принесла обѣщанное угощеніе, она на-отрѣзъ отъ него отказалась.

— А тебѣ, Федюша, чулочки красные купила,— обратилась молодая женщина къ Федѣ,— надѣнь на дорогу, чтобы ноги не озябли, да шарфикъ голубенькій намотай на шею — будешь у меня молодецъ-молодцомъ.— Федя улыбнулся, поблагодарилъ свою пріемную мать и сѣлъ за столъ вмѣстѣ съ остальными; обѣдъ прошелъ очень скучно, всѣмъ было какъ-то не по себѣ, не смотря на то, что принесенный Настасьею творогъ, сметана и сливки казались чрезвычайно аппетитными и что давно-давно въ убогой комнаткѣ бѣдной продавщицы яблокъ никто не запомнилъ подобнаго угощенія.

— Милочка, зачѣмъ забилась въ уголъ? — ласково обратилась къ ней Настасья, — иди кушать, развѣ не любишь молочнаго?

Милочка вмѣсто отвѣта сердито насупила брови и отвернулась.

— Оставь ее, — сказала бабушка Татьяна, — она не хочетъ.

— Неужели, Милочка, ты не любишь такого вкуснаго кушанья? — продолжала молодая женщина.

— Напротивъ, очень люблю!

— Тогда почему же отказываешься?

— Потому что все это твое, а я тебя не люблю, ты гадкая, противная! — сквозь слезы отозвалась маленькая дѣвочка.

— Чѣмъ же, Милочка, я гадкая, противная?

— Тѣмъ, что хочешь увести отъ насъ Федю!

— Но, душенька, вѣдь у меня ему лучше будетъ, — возразила Настасья и, вставъ изъ-за стола, подошла ближе къ дѣвочкѣ, ласково погладила ее по головкѣ и осторожно потянула къ столу.

— Отчего лучше?

— У меня въ деревнѣ хорошенькій домикъ, лошадка есть, коровы, курочки, барашки; лѣтомъ, когда на дворѣ будетъ тепло, Федя станетъ ходить въ лѣсъ гулять... а сколько цвѣтовъ-то разныхъ у насъ на полѣ — и красные, и синіе, и желтые... всякіе... всякіе...

13

Слушая рѣчь молодой женщины, Милочка, сама того не замѣчая, очутилась вмѣстѣ съ нею за обѣденнымъ столомъ, и несмотря на твердое намѣреніе ни къ чему не прикасаться, мало-по-малу принялась за вкусное кушанье съ большимъ аппетитомъ.

— Вотъ такъ-то лучше, — сказала бабушка, — а то что пользы капризничать, ни себѣ, ни другимъ никакого удовольствія.

Милочка сквозь слезы даже улыбнулась; по окончаніи обѣда Настасья начала собираться въ дорогу; Федя молча слѣдилъ глазами за каждымъ ея движеніемъ, и чѣмъ ближе дѣло подвигалось къ концу, тѣмъ блѣднѣе, задумчивѣе и угрюмѣе становилось его миловидное личико. Вся окружающая обстановка, несмотря на свою неприглядность, казалась ему теперь чѣмъ-то роднымъ, близкимъ... ему жаль было каждаго уголка, но больше всего, конечно, жаль бабушку и Милочку, которую онъ никогда не видалъ такою грустною какъ сегодня.

Присѣвъ на скамейку, мальчуганъ задумался... Живо вспомнилась ему покойная мама, вѣчно хлопотавшая о томъ, чтобы ея дорогія дѣтишки были по возможности сыты и въ теплѣ; да оно и дѣйствительно такъ было, пока бѣдная женщина чувствовала себя въ состояніи работать, то каждый добытый подчасъ съ большимъ трудомъ грошъ тащила домой; но за то потомъ, когда надорванныя силы не выдержали и она слегла, для нихъ наступило нехорошее время, пришлось близко познакомиться съ нуждою, зачастую дрожать въ нетопленной горницѣ, оставаться безъ обѣда и по необходимости выходить на улицу въ рваной обуви и старенькихъ платьицахъ... Какъ часто въ подобныя тяжелыя минуты маленькая Милочка, заливаясь слезами, громко заявляла что ей холодно... что она хочетъ кушать... А мама?... Бѣдная, дорогая мама... смотрѣла на нее съ горечью, плакала сама, и ничего не могла подѣлать... Силы измѣняли съ каждымъ часомъ, она таяла какъ воскъ... Ужасно, ужасно, мысленно повторялъ себѣ Федя, и подъ вліяніемъ печальныхъ думъ готовъ былъ расплакаться; но печальныя думы осаждали его; склонивъ курчавую головку, онъ сидѣлъ неподвижно. Но вотъ, окончившая наконецъ сборы Настасья прервала его размышленія лаконическимъ словомъ: "готово". Федя встрепенулся, вздрогнулъ.

— Какъ! уже?— проговорилъ онъ упавшимъ голосомъ.

— А что, ты словно испугался?

— Нѣтъ, тетя Настя, ничего; только вотъ какъ же это... значитъ надо прощаться съ бабушкой и съ Милочкой...

— Да, конечно, и не теряя времени, потому что я должна какъ можно скорѣе отправиться на постоялый дворъ, гдѣ мои земляки, вѣроятно, давно уже ожидаютъ меня,— Федя не двигался съ мѣста,

— Ну, что же, касатикъ, прощайся!— замѣтила Настасья. Тогда мальчикъ подошелъ къ бабушкѣ, пристально взглянулъ ей въ глаза и, замѣтивъ, что они подернуты слезою, громко разрыдался.

— Прощай, родная!— проговорилъ онъ, едва переводя духъ.

— Прощай, голубчикъ! Господь съ тобою, будь счастливъ... не грусти... скоро увидимся...— отозвалась Татьяна скороговоркою, видимо стараясь казаться покойною.

Федя охватилъ старушку за шею обѣими руками, да такъ и повисъ на нѣсколько минутъ; затѣмъ молча оттолкнулъ ее, бросился къ Милочкѣ, прижалъ ее къ себѣ крѣпко, крѣпко.

— Не пущу!— вскричала Милочка, вцѣпившись въ братишку обѣими руками,— гадкая, противная, злая тетя Настя, зачѣмъ она увозитъ тебя, Федя! Милый, дорогой, не уѣзжай! Останься съ нами!..

Федя прижалъ Милочку еще сильнѣе; оба они горько плакали; бабушка Татьяна и Настасья, предвидя, что разставанью не будетъ конца, подошли къ нимъ и съ трудомъ кое-какъ оттащили въ разныя стороны,

— Федя, не ходи, останься съ нами!— продолжала кричать Милочка,— пусть противная тетя Настя ѣдетъ одна въ свою деревню, Богъ съ нею, не надо тебѣ ни цвѣтовъ, ни ягодъ, ничего, ничего не надо... останься съ нами... не ходи!..

Но Федя уже не слышалъ голоса сестренки: онъ былъ далеко...

Тетушка Настасья чуть не силою тащила его по направленію къ постоялому двору, гдѣ дѣйствительно, какъ она предполагала, земляки давно уже были готовы и только ждали ея возвращенія, чтобы отправиться въ путь.

Добрая бабушка Татьяна тѣмъ временемъ дѣлала всевозможныя усилія чтобы какъ нибудь успокоить Милочку; посадила къ себѣ на колѣни, начала ласково гладить по головкѣ, уговаривать; но затѣмъ, видя, что ни то, ни другое не приноситъ пользы, принялась разсказывать сказки, до которыхъ Милочка была большая охотница.

Грустно склонивъ головку на плечо старушки, малютка, изрѣдка всхлипывая и отъ времени до времени утирая рукавами катившіяся слезы, слушала тихую рѣчь съ большимъ вниманіемъ, въ особенности когда вопросъ зашелъ о Красной Шапочкѣ и о томъ, какъ лютый волкъ, нарядившись бабушкой, чуть-чуть не проглотилъ свою маленькую внучку.

— Какая глупенькая была Красная Шапочка! Неужели она не могла отличить волка отъ бабушки?— замѣтила Милочка, когда старушка кончила сказку.

— Вѣрно не могла или не умѣла, моя пташечка.

— Я бы всегда и вездѣ узнала тебя, бабушка, и не только волкъ, но даже самъ косматый медвѣдь никогда не сбилъ бы меня съ толку.

16

Старушка улыбнулась на замѣчаніе Милочки, радуясь въ душѣ, что ея любимица въ концѣ-концевъ перестала плакать.

— Ну-ка, моя крошечка, займись куколками да тряпочками,— продолжала она, спуская дѣвочку съ колѣнъ.

— А ты, бабушка, что будешь дѣлать?

— Я-то?

— Да, пойдешь куда-нибудь?

— Отправлюсь на рынокъ; надо припасти деньжонокъ къ завтрему, чтобы купить кое-чего къ обѣду и ужину.

— Возьми меня съ собою.

— Нѣтъ, Милочка, нельзя.

— Почему нельзя?

— Сегодня больно холодно, да и дождь пошелъ.

— Ничего, бабушка, я тепло одѣнусь.

— Нѣтъ, пташечка дорогая, нельзя, лучше въ другой разъ, сегодня же посиди дома, тѣмъ болѣе, что мнѣ, прежде чѣмъ идти на рынокъ, придется сбѣгать еще довольно далеко къ огороднику.

— Зачѣмъ?

— Взять у него для продажи обѣщанный четверикъ яблокъ.

Милочка больше не настаивала и молча принялась перебирать сложенные въ ящикѣ лоскутки, бережно свертывая каждый изъ нихъ въ трубочку и въ сотый разъ перекладывая съ мѣста на мѣсто. Все это она продѣлывала до тѣхъ поръ, пока Татьяна оставалась въ комнатѣ, но едва успѣла послѣдняя захлопнуть за собою дверь, ящикъ, лоскутки и тряпочныя куклы моментально были отброшены въ сторону, и совершенно, повидимому, покойное личико маленькой сиротки снова приняло мрачное выраженіе, глаза наполнились слезами.

— Федя, Федя! — проговорила она въ полголоса, закрыла лицо рученками, задумалась, заплакала и просидѣла въ такомъ положеніи до тѣхъ поръ, пока Татьяна не вернулась обратно отъ огородника.

— Здравствуй, бабушка! — сказала она ей, стараясь улыбнуться.

— Здравствуй, голубка, здравствуй; что ты тутъ безъ меня подѣлывала, все играла въ куколки?

Милочка ничего не отвѣчала, лгать она не любила, а правды сказать не хотѣлось. Старушка, между тѣмъ, сложивъ мѣшокъ съ яблоками подъ кровать, отсыпала изъ него нѣсколько десятковъ въ корзинку и, поцѣловавъ дѣвочку, отправилась распродавать ихъ на рынокъ.

На слѣдующій день погода немного прояснилась, на дворѣ сдѣлалось теплѣе, и Татьяна, отправляясь на свой обычный промыселъ, взяла Милочку съ собою. Милочкѣ съ перваго раза очень понравилось торговать яблоками, она помогала Татьянѣ отсчитывать ихъ, получать деньги, но затѣмъ это начало надоѣдать ей; мысль о Федѣ не покидала ее, и страшная, убійственная тоска порою до того сосала маленькое сердечко, что она положительно не знала на что рѣшиться, что предпринять.

Татьяна видѣла это и отлично понимала, но помочь бѣдѣ было не въ ея власти; она надѣялась только на милость Божію, да на то, что бѣдная сиротка навѣрное въ концѣ-концовъ привыкнетъ къ мысли о разлукѣ съ братомъ, и жизнь ихъ вдвоемъ потечетъ обычнымъ порядкомъ... Но не такъ думала Милочка; она втайнѣ задалась мыслью во что бы то ни стало отыскать братишку, соединиться съ нимъ, и для этого даже нѣсколько разъ заводила рѣчь съ бабушкой, гдѣ находится деревня, куда тетя Настя завезла Федю, и какъ она называется.

Татьяна, которой, конечно, даже въ голову не могла придти настоящая причина подобныхъ разспросовъ, отвѣчала охотно, но Милочка изъ разсказовъ ея поняла очень немного, хотя это, впрочемъ, не помѣшало ей все-таки въ одинъ прекрасный день привести задуманный планъ въ исполненіе, т.-е., воспользовавшись отсутствіемъ старушки, рѣшиться тихонько убѣжать изъ дома на поиски дорогого брата.

Прежде чѣмъ выйти на улицу, Милочка поспѣшно надѣла на ноги новые чулки, башмаки и повязала на голову красненькій платочекъ съ бѣлыми крапинками, подаренный ей въ день Ангела одною сосѣдкою; затѣмъ, вспомнивъ, что путь, по словамъ бабушки, предстоялъ далекій, она захватила кусокъ чернаго хлѣба и яблоко, и спустившись по грязной лѣстницѣ, ведущей въ ихъ скромное жилище, торопливо вышла за ворота съ намѣреніемъ направляться все прямо, куда глаза глядятъ. Заворачивая изъ улицы въ улицу, маленькая бѣглянка по. прошествіи самаго непродолжительнаго срока, очутилась наконецъ за заставой, въ полѣ.

Широкая, гладко наѣзженная дорога тянулась длинною полосою впередъ, такъ далеко, что, казалось, и конца ей не будетъ; маленькія ножки Милочки двигались скоро, скоро. Мысль увидѣться съ Федей придавала силу и энергію; дѣвочка бѣжала безостановочно — часъ, два, три... Наконецъ, физическая усталость взяла верхъ, Милочка почувствовала, что, несмотря на горячее желаніе идти и идти впередъ, она этого не можетъ, вслѣдствіе чего, свернувъ немного въ сторону, къ опушкѣ лѣса, почти въ изнеможеніи опустилась на траву. По счастію, за послѣдніе дни погода разгулялась настолько, что выпавшій недавно сильный дождь не оставилъ особенныхъ слѣдовъ, трава нѣсколько пообсохла, хотя земля, конечно, была сырою и холодною, но Милочка этого не замѣтила.

— Присяду, немножко отдохну, закушу хлѣбцемъ да яблокомъ, а тамъ опять пущусь дальше!— подумала она, и вытянувъ усталыя ножонки, съ наслажденіемъ принялась кушать.

Кругомъ все было тихо, покойно. Нигдѣ не слышно ни звука, только дерево, подъ которымъ притаилась Милочка, изрѣдка шелестило своими осенними полусухими, сѣроватыми листьями, словно съ кѣмъ-то перешептываясь; но шелестъ этотъ не только не безпокоилъ нашу маленькую путешественницу, а еще, напротивъ, нравился. Ей казалось, что онъ говоритъ о Федѣ, о покойной матери, о бабушкѣ...

— Бабушка, бѣдная, добрая бабушка, какъ она должна теперь безпокоиться! — невольно подумала Милочка, — она такъ любитъ, такъ бережетъ меня... и вдругъ, вернувшись домой съ базара, не застанетъ своей Милочки... Ужъ не вернуться ли назадъ?.. А Федя?.. Если я вернусь назадъ, надо будетъ сознаться бабушкѣ, что я тихонько ушла изъ дома съ цѣлью отправиться его отыскивать; бабушка разсердится, больше не пуститъ, станетъ наблюдать за мною... придется навсегда отказаться отъ мысли увидѣть его!.. А пріѣдетъ ли онъ въ городъ или нѣтъ — это еще неизвѣстно; нѣтъ, ни за что на свѣтѣ не вернусь домой... Лучше пусть бабушка поскучаетъ немного, вѣдь потомъ я опять буду съ нею, скажу всю правду, гдѣ была... что дѣлала... какъ напала на слѣдъ Федюши... знаю заранѣе, что бабушка не будетъ бранить меня...

Разсуждая подобнымъ образомъ, дѣвочка, убаюкиваемая шелестомъ листьевъ, закрыла глаза и крѣпко заснула.

На дворѣ между тѣмъ начало смеркаться: пасмурное осеннее небо заволоклось тучами, пошелъ дождь, въ воздухѣ сдѣлалось сыро, холодно, платье на Милочкѣ промокло, а она все продолжала лежать неподвижно и спала тѣмъ хорошимъ, крѣпкимъ, безмятежнымъ сномъ, какимъ обыкновенно спятъ маленькія дѣти.

Во снѣ ей грезился Федя: какъ будто она нашла его въ какомъ-то необыкновенномъ хрустальномъ дворцѣ, окруженномъ густымъ тѣнистымъ садомъ; въ саду этомъ стояло нѣсколько бесѣдокъ, сдѣланныхъ изъ пряниковъ, до которыхъ — скажемъ, между прочимъ — Милочка была большая охотница; Федя, взявъ ее за руку, водилъ по дорожкамъ и предлагалъ попробовать укусить уголъ пряничной бесѣдки; Милочкѣ все это казалось очень страннымъ, но тѣмъ не менѣе она привстала на цыпочки, раскрыла свой маленькій ротикъ, и только что собиралась воспользоваться предложеніемъ брата, какъ вдругъ услыхала гдѣ-то по близости шорохъ и... проснулась.

Когда она открыла глаза, ни Феди, ни хрустальнаго дворца, ни пряничной бесѣдки, конечно, не было, но шорохъ слышался совершенно ясно; при этомъ она немедленно замѣтила около себя присутствіе какого-то живого копошившагося существа.

"Вѣрно тотъ самый сѣрый волкъ, который хотѣлъ проглотить Красную Шапочку", подумала дѣвочка и уже готова была отъ страха раскричаться и расплакаться, какъ вдругъ, повернувъ голову по тому направленію, откуда слышался шорохъ, къ крайнему своему удовольствію, вмѣсто предполагаемаго сѣраго волка, замѣтила прекрасную, большую, темно-каштановаго цвѣта собаку, которая стояла совсѣмъ близко и смотрѣла такими умными, ласковыми глазами, что дѣвочка сразу почувствовала къ ней полное довѣріе.

— Каштанъ, сюда!— раздался между тѣмъ гдѣ-то по близости женскій голосъ.

Милочка обернулась и увидѣла на дорогѣ высокую вороную лошадь, на которой сидѣла чрезвычайно миловидная амазонка, а нѣсколько поодаль ѣхалъ молоденькій жокей.

— Боже мой, что это? кажется, ребенокъ?— съ удивленіемъ вскричала амазонка.— Степанъ, сойдите скорѣе съ сѣдла, посмотрите ближе, можетъ быть, мнѣ только такъ показалось.

Жокей поспѣшно исполнилъ приказаніе своей госпожи, соскочилъ съ лошади, привязалъ ее къ дереву, и подойдя къ Милочкѣ, осторожно приподнялъ ее съ земли.

— Посмотрите, ваше сіятельство, какая хорошенькая дѣвочка,— сказалъ онъ, поднося Милочку къ амазонкѣ.

— Въ самомъ дѣлѣ! Настоящая красотка... но только, она, бѣдненькая, должно быть очень промокла и озябла... Какими судьбами, душенька, ты попала сюда, одна въ такую позднюю пору и непогоду?— обратилась амазонка къ Милочкѣ и взяла ее изъ рукъ жокея, чтобы посадить къ себѣ на сѣдло.— Кто ты такая, откуда, куда идешь?— продолжала допытываться амазонка, ласково обнявъ сиротку и стараясь отогрѣть въ своихъ рукахъ ея окоченѣлыя рученки.

— Я иду изъ города по очень нужному дѣлу,— смѣло отвѣчала Милочка и, дрожа отъ холода, прижалась къ незнакомкѣ.

— За какимъ же дѣломъ?— спросила послѣдняя.

— Отыскать деревню, гдѣ живетъ Федя.

— Какой Федя?

— Мой братъ.

— Почему же онъ живетъ въ деревнѣ, а не въ городѣ вмѣстѣ съ тобою?

— Его увезла туда тетушка Настасья, ахъ, она такая противная, я не люблю ее...

— А тебя какъ зовутъ, моя милая крошка?

— Настоящее имя мое Людмила, мама же прозвала меня Милочка, и теперь, хотя мамы больше нѣтъ съ нами, она у Боженьки, тамъ высоко, на небѣ, но меня все-таки по прежнему зовутъ Милочкой.

— Это имя къ тебѣ подходитъ какъ нельзя лучше, потому что ты дѣйствительно настоящая Милочка.

Милочка не поняла смысла словъ своей собесѣдницы и взглянула на нее вопросительно.

— Да, да, ты настоящая Милочка,— продолжала амазонка, осыпая поцѣлуями лицо и шею дѣвочки.— Какую превосходную находку сдѣлали мы съ тобою, Степанъ!— добавила она, обратившись къ жокею,— знаешь что: возьми дѣвочку на свое сѣдло, постарайся прикрыть какъ-нибудь отъ непогоды ливреей, она, несчастная, совсѣмъ застыла... мы ее отвеземъ въ Подгорное, и если у бѣдняжки не окажется родителей, то я навсегда оставлю ее у себя.

Жокей почтительно поклонился.

— Идите ко мнѣ, Милочка,— сказалъ онъ малюткѣ, осторожно снимая ее съ колѣнъ госпожи и усаживая на собственное сѣдло;— холодно вамъ, бѣдная дѣвочка, да, озябли, очень?

— Холодно,— отвѣчала Милочка, дрожа словно въ лихорадкѣ.

— Не зналъ я, что живую находку встрѣчу по дорогѣ, прихватилъ бы пледъ, ну, да ужъ теперь дѣлать нечего, взять его негдѣ, постараюсь хоть въ ливрею закутать, авось не замерзнете.— И крѣпко охвативъ дѣвочку за талію, Степанъ крупною рысью поскакалъ вслѣдъ за своей госпожей.

— Куда мы ѣдемъ?— спросила его Милочка по прошествіи нѣсколькихъ минутъ.

— Въ Подгорное.

— Что значитъ "Подгорное"?

— Такъ называется имѣніе графини.

— Какой графини?

— Моей доброй госпожи, которая сію минуту подобрала васъ, мокрую и холодную, на полѣ подъ деревомъ.

— А далеко отъ Подгорнаго деревня, гдѣ живетъ Федя?

— Какъ она называется?

— Не знаю.

— Трудно тогда сказать, далеко ли, можетъ быть, близко, а можетъ быть, и совсѣмъ въ другой сторонѣ. — При мысли о Федѣ маленькое сердечко Милочки опять заныло болѣзненно; она задумалась и, припавъ головою къ плечу жокея, начала дремать; вороной конь между тѣмъ бѣжалъ крупною рысью, и по прошествіи часа или около этого, наконецъ, остановился у подъѣзда роскошнаго деревенскаго дома графини Ладерсъ.

Графиня была еще довольно моложавая и очень богатая женщина; два года тому назадъ она овдовѣла, и теперь безвыѣздно жила одна въ имѣніи покойнаго мужа. Домъ у нея былъ роскошный, помѣщеніе обширное.

Сойдя съ лошади, она приказала жокею отнести Милочку въ комнаты и съ рукъ на руки передать старшей горничной Раисѣ, которая сейчасъ же первымъ дѣломъ сняла съ нее мокрое платье, бѣлье и замѣнила ихъ свѣжими, сухими, гораздо лучшими, конечно, принадлежащими ея маленькой дочери. Во время переодѣванья Раиса старалась занять дѣвочку различными разсказами, но Милочка слушала разсѣянно, такъ какъ, во-первыхъ, не переставала думать о Федѣ, а во-вторыхъ, чувствовала сильную усталость и голодъ, о чемъ даже откровенно заявила Раисѣ.

Раиса немедленно принесла ей кусокъ жаркого и стаканъ теплаго молока; бѣдная сиротка принялась за то и за другое съ большимъ аппетитомъ.

— Теперь пойдемъ къ графинѣ, ты должна поблагодарить ее за ужинъ и пожелать покойной ночи, — сказала горничная, и взявъ Милочку за руку, повела черезъ цѣлый рядъ ярко освещенныхъ комнатъ въ зало, гдѣ сидѣла графиня въ обществѣ только-что пріѣхавшихъ гостей.

— А вотъ она, легка на поминѣ, моя живая находка, честь имѣю представить, — замѣтила графиня гостямъ, и посадивъ маленькую дѣвочку къ себѣ на колѣни, принялась съ видимымъ удовольствіемъ гладить рукою ея шелковистые, бѣлокурые волосы. — Посмотрите, какая она хорошенькая!

24

— Да, да, пресимпатичная! — послышалось со всѣхъ сторонъ.

— Дайте мнѣ ее, графиня, дайте сюда, — говорили дамы. Милочка, какъ какая-нибудь рѣдкая цѣнная вещь, безпрестанно переходила изъ рукъ въ руки; ею всѣ любовались, въ голосъ называли хорошенькою, симпатичною; она же на всѣ похвалы только отмалчивалась и, съ любопытствомъ оглядываясь направо и налѣво, повидимому все еще не могла опомниться, какими судьбами попала въ такія роскошныя палаты, о которыхъ никогда въ жизни до сихъ поръ не имѣла ни малѣйшаго понятія и которыя невольно напоминали ей волшебныя сказки бабушки Татьяны.

— Тыяшуришь глазки; должно быть спать хочешь? — сказала графиня. — Раиса, возьмите ее, уложите, бѣдняжка очень утомлена.

Милочка подала рученки горничной, вмѣстѣ съ нею снова вышла изъ комнаты, легла въ чистую мягкую постельку, съ наслажденіемъ вытянула усталые члены, и проговоривъ вполголоса:

— Спокойный ночи, Раиса, — сейчасъ же крѣпко уснула. Проспала она на одномъ и томъ же боку вплоть до самаго)тра; во снѣ сначала снилась ей блѣдная, больная, умирающая мать, затѣмъ снилась бабушка Татьяна, и наконецъ Федя; съ послѣднимъ она очень рада была увидѣться, теперь онъ уже не заставлялъ ее кусать уголъ отъ пряничной бесѣдки, а взявъ за руку, молча смотрѣлъ въ глаза и слушалъ подробный разсказъ о томъ, какъ она тихонько убѣжала изъ дому и очутилась у богатой графини.

Когда же, на слѣдующее утро, она снова проснулась, и, открывъ глаза, увидѣла себя въ роскошно убранной комнатѣ, то сразу сообразила, что Федю видѣла только во снѣ, что на самомъ дѣлѣ его тутъ не было... Передъ нею стояла вчерашняя женщина, она ласково улыбнулась ей и подавала роскошное, голубое шелковое платье, отдѣланное кружевами.

— Видишь, Милочка, какъ графинюшка о тебѣ заботится,— сказала она дѣвочкѣ,— вчера съ вечера изволила отдать приказаніе портнихѣ, чтобы изготовить для тебя цѣлый костюмчикъ.

Милочка не могла оторвать глазъ отъ костюмчика, до того онъ былъ красивъ и изященъ; а когда Раиса надѣла его на нее и, расчесавъ длинные волосы, скрѣпила ихъ бантикомъ, то ужъ положительно пришла въ восторгъ.

Къ завтраку она спустилась въ столовую; графиня встрѣтила ее съ распростертыми объятіями и повела показывать картины, цвѣты, клѣтку съ попугаемъ, бѣлую собачку Вибишку; Милочкѣ все это очень нравилось.

— А вотъ здѣсь въ ящикѣ для тебя приготовлены куклы и игрушки,— продолжала графиня, подавая Милочкѣ довольно помѣстительную шкатулку изъ полисандроваго дерева.

Милочка открыла ее... и Боже мой! чего, чего только въ этой шкатулкѣ не было! Куклы одѣтыя, неодѣтыя, чайный сервизъ, обѣденный сервизъ, картонные домики, деревянныя птицы, картонные звѣри...

Милочка съ удовольствіемъ принялась разбирать ихъ; графиня любовалась своею "живою находкою", какъ она иногда шутя называла дѣвочку, и втайнѣ отъ души желала, чтобы у нея не нашлось родителей, и чтобы она навсегда осталась жить въ Подгорномъ.

Бѣдная же бабушка Татьяна между тѣмъ, вернувшись съ базара и не найдя Милочки дома, въ первую минуту нисколько не встревожилась, полагая, что она вѣроятно вышла поиграть съ уличными ребятишками или съ кѣмъ-нибудь изъ сосѣдей отправилась на кладбище навѣстить могилу матери, какъ иногда это дѣлывала; когда же наступилъ часъ обѣда и дѣвочка не возвращалась, старушка отправилась ее разыскивать.

— Слушай, Михѣевна,— окликнула она проходившую черезъ

дворъ старушку тряпичницу, — не видала ли гдѣ мою Милочку?

— Какъ не видать, видѣла.

— Гдѣ же, когда?

— Она давно уже вышла изъ дома, такая нарядная, въ красномъ платьѣ, новыхъ чулкахъ и съ узелочкомъ.

— Давно, ты говоришь?

— Почти сейчасъ вслѣдъ за тобою.

— Странно; куда бы она могла дѣваться!

— Не знаю...

И Михѣевна отправилась своей дорогой, а бабушка Татьяна, грустно покачавъ сѣдою головой, поплелась было обратно въ комнату; но тамъ ей не сидѣлось, она, словно предугадывая, что съ дѣвочкою случилось что-то особенное, неладное, не могла спокойно сидѣть на одномъ мѣстѣ.

— Господи! Ужъ не раздавили ли ее лошади грѣхомъ на улицѣ! — прошептала она съ ужасомъ, набожно перекрестившись, и, быстро соскочивъ съ мѣста, отправилась въ городъ искать Милочку по всѣмъ угламъ и закоулкамъ. Поиски ея конечно не увѣнчались ни малѣйшимъ успѣхомъ; не только найти Милочку, но даже напасть на слѣдъ ея, не было никакой возможности.

Печальная, изнеможенная, убитая горемъ, вернулась старушка въ свое скромное жилище. Ей не только по душѣ жаль было Милочку, но еще ко всему этому она чувствовала какъ бы укоръ совѣсти противъ несчастной матери сиротки, противъ Феди, за то, что не съумѣла усмотрѣть за нею; она заранѣе представляла себѣ отчаяніе бѣднаго мальчика, когда онъ узнаетъ объ исчезновеніи сестренки.

— Бѣдный Федя, онъ, пожалуй, не перенесеть!— безпрестанно повторяла старушка, слоняясь изъ угла въ уголъ, какъ помѣшанная.

Цѣлую ночь провела она безъ сна; на утро съ первыми лучами восходящаго солнца опять отправилась на поиски, а вечеромъ вернулась домой еще больше обезкураженная.

Такимъ образомъ прошла вся недѣля; въ воскресенье долженъ былъ пріѣхать Федя вмѣстѣ съ тетушкой Настасьей; бѣдный мальчикъ ждалъ минуты свиданія съ сестрою и бабушкой съ большимъ нетерпѣніемъ.

За время своего пребыванія въ деревнѣ на чистомъ воздухѣ и на хорошей пищѣ, онъ уже успѣлъ замѣтно окрѣпнуть, поправиться; глаза его смотрѣли на свѣтъ Божій какъ-то особенно весело; щеки покрылись яркимъ румянцемъ... Бомбой влетѣлъ онъ въ крошечную комнатку Татьяны; взглянувъ на исхудалое лицо послѣдней, состарѣвшейся за это короткое время на цѣлыя десять лѣтъ, онъ такъ и ахнулъ и какъ вкопаный остановился на порогѣ.

— Бабушка, ты больна?— спросилъ онъ испуганно.

— Нѣтъ, касатикъ, я здорова...— глухимъ, упавшимъ голосомъ отозвалась Татьяна.

— Тогда у тебя вѣрно случилось что-нибудь особенное?

Старушка, какъ преступница, молча наклонила голову.

— Говори, бабушка, говори скорѣе, не томи... Но гдѣ же Милочка, ужъ не съ нею ли приключилось что неладное?

Татьяна молчала по прежнему.

— Бабушка, гдѣ Милочка, скажи правду!— умолялъ Федя.

— Не знаю...— отвѣтила наконецъ старушка.

— Какъ не знаешь? что это значитъ?

— Не знаю!— повторила она, не поднимая головы.

— Умерла?!

— Нѣтъ... Не знаю... Можетъ быть... Не думаю...

Федя положительно не могъ понять, что такое случилось съ Татьяной; въ первую минуту онъ даже подумалъ, не помѣшалась ли она, но затѣмъ, употребивъ всевозможныя усилія, кое-какъ добился толку.

— Значить Милочка просто ушла изъ дому, убѣжала?— сказалъ онъ съ отчаяніемъ.

— Должно быть!— грустно отозвалась бабушка,— но только, Федюша, не вини меня; даю тебѣ честное слово, что мы съ нею не ссорились... я не бранила ее... не обижала...

— Какъ тебѣ не совѣстно говорить подобныя вещи, бабушка!— возразилъ мальчикъ, крѣпко обнявъ старушку,— неужели я не знаю, насколько ты любишь насъ... ничего такого мнѣ никогда не можетъ придти въ голову...

Татьяна горько расплакалась, Федя началъ уговаривать ее, несмотря на то, что ему самому было жутко, и что крупныя слезы текли по его щекамъ цѣлымъ потокомъ. На эту безмолвную сцену вошла Настасья.

Узнавъ въ чемъ дѣло, она крайне изумилась, и горячо сочувствовала старушкѣ и своему воспитаннику, но, конечно, при всемъ желаніи ничего не могла придумать въ утѣшеніе; въ тотъ же день вечеромъ она съ Федей уѣхала обратно въ деревню. Татьяна, провожая ихъ, всплакнула, всплакнулъ и Федя; затѣмъ оба они какъ-то притихли, присмирѣли, ушли въ самихъ себя, и въ пасы свиданій избѣгали произносить имя маленькой бѣглянки; боялись ли они, воспоминаньемъ о ней, другъ друга встревожить, считали ли себя обиженными тѣмъ, что она безъ всякой основательной причины покинула ихъ — не знаю, но во всякомъ случаѣ Милочка для нихъ, по наружному виду, какъ будто не существовала. А время шло своей обычной чередой; Татьяна, по прежнему, ежедневно отправлялась на базаръ торговать яблоками, но сосѣдки подчасъ не узнавали въ ней бывшую веселую словоохотливую старушку, которая теперь сидѣла почти неподвижно на своей низенькой скамѣечки, ни съ кѣмъ не вступала въ разговоръ, оставалась равнодушною ко всевозможнымъ городскимъ новостямъ и сплетнямъ, и открывала ротъ только тогда, когда необходимо было отвѣчать покупателямъ.

Федя, съ своей стороны жилъ по прежнему въ деревнѣ, помогалъ мужу Настасьи въ разныхъ домашнихъ работахъ, и каждый разъ сопровождалъ тетушку въ городъ подъ предлогомъ повидаться съ бабушкой; въ глубинѣ же души онъ стремился туда болѣе для того, что втайнѣ все-таки надѣялся рано или поздно услыхать что-нибудь о Милочкѣ.

Въ одну изъ подобныхъ минутъ, когда на душѣ у него было какъ-то особенно тоскливо, и когда онъ, сидя на облучкѣ двухколесной телѣжки, наполненной кувшинами съ молокомъ и кадочками со сметаною да масломъ, ѣхалъ вмѣстѣ съ Настасьей въ городъ, ихъ вдругъ обогнала пара рослыхъ сѣрыхъ лошадей, запряженныхъ въ изящную карету, на козлахъ которой сидѣлъ толстый, бородатый кучеръ.

— Ей, ты, мальчуганъ, держи правѣе! — громко крикнулъ онъ Федѣ поровнявшись съ таратайкою, — чего распустилъ возжи-то, возьми немного въ сторону, дай проѣхать!

Федя повернулъ голову, и въ тотъ моментъ, когда карета поровнялась съ нимъ, онъ вдругъ увидѣлъ въ опущенное стекло ея знакомую маленькую фигурку дѣвочки, одѣтой въ малиновое бархатное пальто и такую же шапочку.

Не успѣла Настасья, какъ говорится, моргнуть глазомъ, какъ Федя, бросивъ возжи, словно безумный пустился бѣжать впередъ по дорогѣ.

30

— Что съ тобою, куда ты?— кричала она ему въ слѣдъ, но онъ, не обращая вниманія, бѣжалъ дальше безъ оглядки.

Догнать лихихъ коней конечно оказалось невозможно; они живо скрылись изъ виду и Федя остановился въ изнеможеніи на дорогѣ.

— Да что такое приключилось?— спросила его Настасья,— на тебѣ лица нѣтъ!

Федя дѣйствительно стоялъ совершенно блѣдный.

— Испугался чего?— допрашивала Настасья.

Мальчикъ отрицательно покачалъ головою.

— Тогда что же наконецъ?

— Ахъ, тетушка Настасья, ты ничего не знаешь, ничего не замѣтила?

— Ничего; а въ чемъ дѣло?

— Вѣдь я сейчасъ видѣлъ Милочку!

— Милочку?!

— Да.

— Что за вздоръ, гдѣ ты могъ ее видѣть!

— Честное слово, тетя, видѣлъ!

— Но гдѣ же, во снѣ что ли; вѣрно вздремнулъ сидя на облучкѣ-то.

— Нѣтъ, тетя, я не спалъ.

— Тогда гдѣ же могъ ты ее видѣть?

— Она сидѣла въ каретѣ, которая проѣхала мимо... я побѣжалъ сзади чтобы догнать, но лошади мчались слишкомъ быстро...

31

— Полно, Федюша, тебѣ показалось.

— Нѣтъ, не показалось, я отлично узналъ Милочку.

— Садись лучше на прежнее мѣсто, поѣдемъ дальше, что толку по пусту терять время въ безполезныхъ разговорахъ.

Федя вскочилъ на облучекъ, и низенькая лошаденка поплелась мелкою рысцею. По прошествіи часа они добрались до города.

Оставивъ телѣжку на постояломъ дворѣ, Настасья отправилась разносить товаръ по знакомымъ господамъ, а Федя пошелъ прямо къ бабушкѣ и въ короткихъ словахъ передалъ о неожиданной встрѣчѣ съ сестренкою.

Татьяна всполошилась; она позабыла о своихъ старческихъ недугахъ, о томъ, что ей надо отправляться на базаръ, и чуть ни въ перегонку съ Федей пустилась рыскать по улицамъ, спрашивая всѣхъ и каждаго, не видали ли недавно проѣхавшую карету съ сидѣвшею въ ней маленькою дѣвочкою; но отвѣты получались неудовлетворительные, такъ какъ городъ, хотя былъ не изъ большихъ, но стоялъ на проѣзжей дорогѣ, и множество различныхъ каретъ, большихъ и маленькихъ, запряженныхъ то парою, то четверкою, ѣздило по немъ безпрестанно.

Совершенно обезкураженные, усталые, и измученные напрасными поисками, Татьяна и Федя почти въ сумерки вернулись на квартиру.

Настасья, успѣвшая уже давно окончить свои дѣла, ждала бабушку и внука съ большимъ нетерпѣніемъ; наскоро перекусивъ чѣмъ попало, она торопила мальчика собираться въ обратный путь, а Татьяна, проводивъ гостей, сейчасъ же легла въ постель, чтобы скорѣе забыться и уснуть, но сонъ, точно на зло, бѣжалъ отъ нея; она въ сотый разъ задавала себѣ вопросъ: дѣйствительно ли Федя видѣлъ Милочку, или это ему только померещилось? Послѣднее казалось болѣе правдоподобно, но на самомъ дѣлѣ было иначе. Въ каретѣ дѣйствительно сидѣла Милочка.

Графиня, привязавшаяся къ дѣвочкѣ какъ къ родной дочери, очень тревожилась тѣмъ, что она все время, несмотря на множество куколъ и игрушекъ, которыми ее снабжали безпрестанно, оставалась задумчивою и печальною, часто вспоминала о Федѣ и совершенно безучастно относилась ко всему окружающему.

Добрая женщина не знала, чѣмъ бы занять, чѣмъ бы разсѣять свою маленькую питомицу и, замѣтивъ, что она очень любитъ кататься, почти ежедневно доставляла ей это удовольствіе.

Въ тотъ день, когда Федя увидѣлъ ихъ, Милочкѣ не здоровилось съ утра, она почти ничего не кушала за завтракомъ и хотѣла было лечь въ кроватку, но когда къ подъѣзду подали экипажъ, она прибодрялась попросила взять ее съ собою, и съ наслажденіемъ вытянувшись на эластичной подушкѣ рядомъ съ графиней, отправилась кататься верстъ за двадцать, съ тѣмъ, чтобы заѣхать къ однимъ знакомымъ.

Тамъ ей стало нехорошо, голова закружилась, во всемъ тѣлѣ чувствовалось лихорадочное состояніе и слабость; графиня очень испугалась, сейчасъ же отвезла ее домой и послала за докторомъ.

Докторъ тщательно осмотрѣлъ маленькую паціентку, и объявилъ графинѣ, что у нея начинается горячка; бѣдняжку уложили въ кроватку, облѣпили горчичниками, стали давать лѣкарство. Графиня не отходила отъ нея и, не жалѣя ни денегъ, ни собственныхъ силъ, дѣлала все, чтобы спасти отъ смерти.

Цѣлыя двѣ недѣли однако пролежала Милочка въ безнадежномъ состояніи, никого не узнавала, бредила; въ бреду постоянно вспоминала Федю, утверждая, что видитъ его сидящимъ на облучкѣ двухколесной таратайки, просила позвать его немедленно, угрожая, что въ послѣднемъ случаѣ убѣжитъ отъ графини, точно такъ, какъ убѣжала отъ бабушки.

33

Присутствующіе конечно не обращали вниманія на ея безсмысленныя рѣчи, и вмѣсто отвѣта только усерднѣе перемѣняли компрессы.

Къ концу третьей недѣли бѣдная дѣвочка стала нѣсколько поправляться; созванные изъ сосѣдняго города доктора, пріѣзжавшіе иногда по очереди, иногда всѣ вмѣстѣ, въ концѣ-концовъ объявили, что опасность миновала и можно вполнѣ разсчитывать навоздоровленіе.

Графиня ожила; ожила одновременно съ нею и добрая Раиса, которая тоже всей душой полюбила маленькую сиротку, и при одной мысли о томъ, что она можетъ умереть, заливалась горючими слезами.

— Ну слава Богу, спасена!— сказала она однажды, крѣпко обнявъ Милочку.

Милочка улыбнулась; съ этого радостнаго для всѣхъ дня Милочка начала быстро поправляться.

Докторъ вскорѣ позволилъ ей встать съ постели, ходить по комнатѣ, а наконецъ и гулять, несмотря на то, что зима давно уже вошла въ свои права, и всѣ окружные поля, сады, деревья были сплошь покрыты густымъ слоемъ снѣга. О встрѣчѣ съ Федей Милочка вспоминала смутно, и никакъ не могла дать себѣ отчета, видѣла ли она его на-яву, или всё это ей приснилось.

Графиня по-прежнему стала ежедневно возить ее кататься; зимнія прогулки очень забавляли Милочку, она не только охотно каталась въ саняхъ, но и пѣшкомъ любила ходить — послѣднее въ особенности нравилось ей потому, что когда она ступала на снѣгъ, то на немъ оставались слѣды ея маленькихъ ножекъ; она готова была по цѣлымъ часамъ увлекаться ходьбою, и еслибъ графиня не требовала во время возвращенія къ завтраку и обѣду, то, конечно, оставалась бы очень долго на улицѣ.

— Милочка, я сегодня собираюсь поѣхать одна, безъ кучера, въ маленькихъ санкахъ, навѣстить больную жену лѣсничаго, хочешь прокатиться со мной?— спросила однажды графиня дѣвочку.

— Хочу, милая тетя, очень хочу!— отозвалась Милочка, которая обыкновенно называла свою благодѣтельницу тетей?

— Такъ иди одѣвайся, сейчасъ лошадь будетъ готова.

Милочка не заставила дважды повторить себѣ это приказаніе; менѣе чѣмъ по прошествіи десяти минутъ она стояла уже совершенно одѣтая въ прихожей и съ удовольствіемъ смотрѣла на прекраснаго воронаго рысака, запряженнаго въ крошечныя санки. Кучеръ держалъ его подъ уздцы и, ласково гладя по крутой, выгнутой шеѣ, что-то приговаривалъ.

Но вотъ, наконецъ, дверь, ведущая изъ прихожей въ зало, отворилась, на порогѣ показалась одѣтая въ бархатную шубу графиня; она весело сошла съ лѣстницы и сѣла въ санки; около нея помѣстилась Милочка.

Рысакъ крупною рысью помчался по дорогѣ, взбивая копытами снѣгъ и отбрасывая въ разныя стороны.

Милочка была совершенно счастлива, т.-е. собственно говоря, счастлива настолько, насколько считала это возможнымъ при постоянно преслѣдовавшей ее мысли о Федѣ.

"Гдѣ-то онъ теперь? Что съ нимъ?— думала дѣвочка, между тѣмъ какъ рысакъ мчался по гладко наѣзженной дорогѣ,— гдѣ-то бабушка Татьяна?" и она мысленно перенеслась въ убогое жилище старой торговки яблоками.

Одно воспоминаніе смѣнялось другимъ, и вѣроятно это продолжалось бы очень долго, еслибы въ концѣ-концовъ она не замѣтила, что цѣль путешествія почти достигнута, и что въ нѣсколькихъ саженяхъ впереди виднѣется маленькая избушка лѣсничаго.

— Вотъ и пріѣхали!— сказала графиня, осаживая лошадь.

— Такъ скоро?— спросила Милочка.

— Да; тебѣ показалось скоро?

— Очень.

— А между тѣмъ мы были въ дорогѣ почти около часа; ты не озябла?

— Нисколько; я бы съ большимъ удовольствіемъ проѣхала еще дальше.

— Нѣтъ; сегодня нельзя ѣхать дальше.

— Почему?

— Во-первыхъ потому, что править самой немного холодно, а во-вторыхъ, и главное, мнѣ много о чемъ надо поговорить съ лѣсничимъ, и мы едва-едва къ вечеру успѣемъ вернуться домой.

Лѣсничій, между тѣмъ, завидѣвъ дорогихъ гостей, выбѣжалъ имъ на встрѣчу.

— Здравствуй, Кузьма!— привѣтствовала его графиня,— какъ здоровье твоей жены?

— Благодарю покорно, ваше сіятельство, слава Богу, полегче стало послѣ того лѣкарства, которое вы изволили прислать на прошлой недѣли.

— Очень рада. Прибери-ка мою лошадку, покрой попоной, пока мы тутъ у тебя посидимъ.

Лѣсничій почтительно помогъ графинѣ выйти изъ саней, высадилъ Милочку и, проводивъ ихъ въ избушку, вернулся прибирать лошадь.

Въ избушкѣ ихъ встрѣтила жена его, только что вставшая съ постели послѣ продолжительной болѣзни; она съ благодарностью бросилась цѣловать руки графини и видимо не находила словъ выразить свою признательность за лѣкарство, принесшее ей большую пользу; затѣмъ начала хлопотать объ угощеніи и, несмотря на то, что графиня на-отрѣзъ отказалась отъ него, все-таки моментально смастерила яичницу, принесла сливокъ и заварила кофе.

Самъ лѣсничій помогалъ ей въ хлопотахъ, а когда, наконецъ, все было готово, принялся отдавать отчетъ графинѣ въ проданныхъ недавно дровахъ, и спрашивать распоряженія на будущее время.

Разговоръ, незамѣтно для обоихъ собесѣдниковъ, затянулся довольно долго; на дворѣ начало смеркаться, графиня заторопилась ѣхать.

— Не угодно ли будетъ вашему сіятельству пообождать немного! — предложилъ лѣсничій.

— Зачѣмъ, я и безъ того у тебя засидѣлась.

— Да снѣгъ больно сильный пошелъ и вѣтрено стало, мятель, кажись, начинается... вы одни безъ кучера, еще пожалуй грѣхомъ съ дороги собьетесь, заблудитесь...

— Что ты, Кузьма! — засмѣялась графиня, — какъ будто въ первый разъ! Я отлично знаю каждый уголокъ этого лѣса.

И простившись съ гостепріимными хозяевами она снова сѣла въ санки.

Милочка жмурилась отъ сильнаго вѣтра и снѣга, который залѣплялъ ей глаза, и находила что возвращеніе домой при такой погодѣ вовсе не настолько пріятно, какъ была поѣздка туда; но дѣлать нечего, оставалось помириться съ необходимостью и ѣхать дальше. Графиня держала возжи молча; рысакъ сначала бѣжалъ по прежнему быстро, но потомъ началъ умѣрять шагъ вслѣдствіе того, что дорога все больше и больше покрывалась снѣгомъ, и въ концѣ концовъ двигался уже почти шагомъ, — санки то ныряли вверхъ и внизъ по ухабамъ, то становились бокомъ; Милочка начинала трусить.

— Холодно тебѣ, моя крошка? — ласково спросила ее графиня.

— Нѣтъ, тетя, не холодно, только...

— Только что?

— Страшно.

— Страшно? чего же?

— Я боюсь упасть, боюсь что мы не найдемъ дороги — заблудимся.

— Зачѣмъ такія нехорошія мысли? Будь покойна, мы отлично доберемся до дому.

Но слова графини не оправдались, а предчувствіе Милочки сбылось — онѣ сбились съ пути, и, желая скорѣе выѣхать на дорогу, безпрестанно заворачивали то вправо, то влѣво, чѣмъ запутывались еще больше; на лицѣ графини выразилось безпокойство... Милочка начала тихо всхлипывать, а снѣгъ и вьюга, словно поддразнивая ихъ, крутились кругомъ съ неимовѣрною силою. Бѣдный рысакъ, непривычный къ подобнымъ путешествіямъ, едва передвигалъ ноги, и видимо выбился изъ силъ. Болѣе часу странствовали онѣ такимъ образомъ, сами не зная куда направляются; положеніе было крайне не завидное и выходъ оставался одинъ, переждать непогоду въ лѣсу подъ открытымъ небомъ съ рискомъ, конечно сдѣлаться жертвою волковъ или медвѣдей.

Графиня все это отлично сознавала, а Милочка, какъ бы инстинктивно угадывая ея мысли, съ каждою минутой трусила все больше; но вотъ вдругъ гдѣ-то вдали послышался колокольчикъ; графиня ободрилась.

— Милочка, успокойся, мы спасены! — сказала она дѣвочкѣ и начала громко звать на помощь.

По прошествіи пяти или десяти минутъ звонъ колокольчика раздавался уже совсѣмъ близко, и вскорѣ несчастныя путешественницы ясно увидѣли въ нѣсколькихъ шагахъ отъ себя маленькую, крестьянскую лошаденку, запряженную въ пошевни, съ сидѣвшимъ въ нихъ крестьяниномъ.

— Кто здѣсь? — спросилъ послѣдній, — что надобно?

— Любезный другъ, — отвѣчала ему графиня, — ради Бога помоги намъ выбраться на дорогу, мы заблудились и совершенно замерзаемъ.

— А куда ѣдете?

— Въ Подгорное; слыхалъ можетъ быть такое названіе?

— Слыхать-то слыхалъ; только это очень далеко отсюда, вамъ надо было держаться правой руки и обогнуть лѣсъ съ противуположной стороны, а вы взяли влѣво.

— Въ томъ-то и бѣда, что мы сбились съ дороги; научи, голубчикъ, какъ быть!

— По правдѣ вамъ сказать, милая барыня, я самъ хорошенько не знаю; не приводилось мнѣ въ Подгорномъ никогда бывать: лучше всего поѣдемъ со мной въ деревню, тамъ кого-нибудь спросите, васъ проводятъ.

— Графиня поблагодарила крестьянина и поѣхала за нимъ слѣдомъ... Опять заныряли санки по сугробамъ; но на этотъ разъ нырять имъ пришлось не особенно долго; менѣе чѣмъ черезъ полчаса онѣ въѣхали въ небольшую деревеньку и остановились около одного изъ крестьянскихъ домиковъ.

— Вотъ и моя хатка, — пояснилъ крестьянинъ, — не угодно ли войти, обогрѣться, пока я пошлю жену поискать вамъ провожатаго.

Графиня вторично поблагодарила его; она очень озябла и

заранѣе предвкушала удовольствіе обогрѣться; Милочка тоже самое.

Съ трудомъ взобрались онѣ по узкой обледенѣлой лѣстницѣ и не успѣли открыть дверь, изъ которой такъ и повѣяло тепломъ, какъ вдругъ увидѣли, что сидѣвшій на лавкѣ мальчуганъ лѣтъ восьми-девяти, очевидно сынъ хозяина, моментально соскочилъ съ мѣста и съ громкимъ крикомъ: "Милочка, дорогая, наконецъ-то я тебя нашелъ!" бросился обнимать маленькую путешественницу.

— Федя! — въ отвѣтъ вскрикнула дѣвочка, — голубчикъ, какъ я рада, какъ счастлива!

Графиня, крестьянка, въ которой читатель конечно узнаетъ Настасью, и самъ крестьянинъ, вошедшій въ этотъ моментъ въ избу — смотрѣли на дѣтей въ первую минуту съ недоумѣніемъ, но потомъ, зная печальную исторію сиротокъ, сейчасъ же поняли въ чемъ дѣло.

Трудно описать то общее радостное настроеніе, которое сразу охватило всѣхъ присутствующихъ; о восторгѣ Милочки и Феди нечего и говорить — оба они были на верху блаженства. Опросамъ, разспросамъ и разговорамъ не предвидѣлось конца.

Затѣмъ, когда общее волненіе поутихло, Настасья отправилась искать провожатаго. Поиски ея увѣнчались успѣхомъ и она очень скоро вернулась обратно въ избу вмѣстѣ съ молодымъ парнемъ, который вызвался проводить графиню въ Подгорное, а Милочка убѣдительно просила позволенія остаться на недѣльку съ Федей, чтобы вмѣстѣ съѣздить въ городъ показаться бабушкѣ Татьянѣ.

Графиня разрѣшила; задуманный планъ былъ приведенъ въ исполненіе на слѣдующее же утро. Татьяна безгранично обрадовалась нежданнымъ гостямъ.

При появленіи Милочки она даже заплакала отъ избытка

чувствъ; потомъ, взглянувъ на висѣвшій въ углу образъ Спасителя, начала горячо молиться.

— Неужели, Милочка, ты опять уйдешь отъ меня?— обратилась она къ дѣвочкѣ.

— Нѣтъ, бабушка, никогда, ни за что не уйду; теперь я знаю, гдѣ живетъ Федя, знаю что ему хорошо, что его берегутъ, что онъ будетъ часто пріѣзжать къ намъ.

— А графиня? она такая добрая, такъ много для тебя сдѣлала, ты, пожалуй, не захочешь разстаться съ нею?

— Жаль-то мнѣ ее очень, это правда, но тебя, бабушка. жаль еще больше!

Старушка нѣжно прижала Милочку къ груди и опять расплакалась.

— Полно, бабушка, зачѣмъ плакать! Сегодня такой радостный день, а ты плачешь, не надо. Богъ все устроитъ!— замѣтилъ Федя.

И дѣйствительно онъ не ошибся. Господь Богъ, который никогда никого не оставляетъ, видимо заботился и покровительствовалъ не только нашимъ сироткамъ, но и старушкѣ Татьянѣ.

Графиня перетащила ее къ себѣ въ Подгорное, гдѣ сдѣлала экономкою; Милочка осталась при ней, а Федя по прежнему пожелалъ жить въ семьѣ тетушки Настасьи, и аккуратно, разъ въ недѣлю, пріѣзжалъ въ Подгорное на свиданье съ бабушкой и сестренкой.

МАЧИХА

"Милая Соня!

По полученіи этого письма, немедленно укладывай вещи и пріѣзжай домой; жена моя, т.-е. выражаясь правильнѣе, твоя мачиха, опасно заболѣла; докторъ, который ее лѣчитъ, говоритъ, что на выздоровленіе нѣтъ почти никакой надежды. Я въ отчаяніи… мысли путаются, голова идетъ кругомъ, а тутъ еще на плечахъ домашнее хозяйство и маленькій ребенокъ. Ради Бога, дорогая Соня, помоги! Твое присутствіе во многомъ успокоитъ меня и принесетъ большую пользу; надѣюсь, что за тѣ два года, которые мы съ тобою не видѣлись, ты уже настолько выросла и сдѣлалась разсудительною, что о прежней, ни на чемъ неоснованной и несправедливой ненависти къ мачихѣ, въ тебѣ нѣтъ и помину. Собирайся въ путь какъ можно скорѣе; одновременно пишу и начальницѣ пансіона; она проводитъ тебя до вокзала, посадитъ въ вагонъ, а на станцію, гдѣ придется выйти, вышлю экипажъ и горничную Пелагею.

Твой отецъ и другъ
Н. Нелидовъ".

Письмо это было адресовано на имя Сонички Нелидовой, воспитанницы одного изъ модныхъ петербургскихъ пансіоновъ. Чѣмъ дальше читала она его, тѣмъ сумрачнѣе и задумчивѣе становилось ея личико.

Ѣхать домой въ деревню, къ мачихѣ, которую она такъ не любила, и еще кромѣ того завѣдывать хозяйствомъ, возиться съ маленькимъ Полемъ, навѣрное злымъ и капризнымъ, — какъ это ей почему-то казалось, — не представляло ни малѣйшаго интереса.

"Пойти развѣ къ начальницѣ, попросить, чтобы она не пустила меня подъ какимъ нибудь предлогомъ", мысленно проговорила сама себѣ дѣвочка, и уже почти готова была исполнить задуманное, какъ вдругъ какой-то тайный голосъ какъ бы прошепталъ ей: "А папа? Развѣ ты не видишь изъ его письма, на-сколько онъ страдаетъ!"

— Да, это правда!— вслухъ проговорила сама себѣ Соничка, твердо рѣшившись немедленно отправиться въ путь и, насколько возможно, добросовѣстнѣе выполнить просьбу отца.

Она очень давно не видѣлась съ нимъ; когда мать ея умерла, то по прошествіи полутора лѣтъ онъ задумалъ вторично жениться, предвидя, что ему, какъ мужчинѣ, трудно будетъ руководить воспитаніемъ дѣвочки.

Соня первое время полюбила мачиху, относилась къ ней очень хорошо, но затѣмъ, подстрекаемая старушкой няней, женщиной хотя честной и доброй, но совершенно простой и необразованной, сразу возненавидѣла свою новую маму.

— Она обижать тебя станетъ, Сонюшка, голодомъ заморить, всѣ лучшія игрушки отдастъ своему Полю,— я забыла добавить, что мачиха, выходя замужъ за отца Сони, была вдова и имѣла маленькаго сына.

— Но, няня,— возражала дѣвочка,— она пока ничего этого не дѣлаетъ, и если когда мнѣ что замѣтитъ, то постоянно кротко и ласково.

— Притворяется, дитятко мое, притворяется, въ душу влѣзть хочетъ; а ты вотъ что, я тебѣ посовѣтую,— и старушка боязливо оглянулась назадъ, вѣроятно изъ страха, чтобы кто не подслушалъ ея нехорошія рѣчи.

— Что?— опросила заинтересованная таинственностью Соня.

— На всѣ ея замѣчанія старайся отвѣчать грубо, чтобы она отъ тебя отстала, и больше сиди со мною, повѣрь, лучше будетъ. Я и кофейкомъ лишній разъ напою тебя, и пряничкомъ попотчую.

Подобные разговоры повторялись ежедневно; слушая няню,

дѣвочка совершенно сбивалась съ толку и, не смотря на то, что няня скоро умерла, вела себя относительно мачихи подчасъ до того отвратительно, что отецъ, не видя инаго исхода, принужденъ былъ увезти ее изъ имѣнія, гдѣ они жили постоянно, въ Петербургъ, помѣстить въ пансіонъ и, не высказавъ начальницѣ правду, только просить сдѣлать все возможное, чтобы хотя немного исправить нехорошій характеръ.

Очутившись въ совершенно новой обстановкѣ, новой средѣ и главное подъ вліяніемъ всего этого мало-по-малу забывая дурные совѣты покойной няни, Соня скоро -измѣнилась къ лучшему и сдѣлалась доброю, хорошею, покорною дѣвочкою; начальницу это обстоятельство крайне изумило; глядя на Соню, она зачастую задавала себѣ вопросъ: "что за причина, по которой отецъ съ такою несправедливостью относится къ дочери?" Но, понятно, вопросъ этотъ оставила при себѣ не разъясненный и, видимо избѣгая напоминать Сонѣ о жизни ея дома, никогда не заводила рѣчи объ отцѣ.

Такимъ образомъ прошло почти два года, въ продолженіе которыхъ Соня ни на праздники, ни на каникулы домой не ѣздила, а только изрѣдка получала гостинцы и подарки. Но вотъ въ концѣ-концовъ явилось письмо отъ отца съ просьбою какъ можно скорѣе отправить ее въ деревню.

"Что-то будетъ, какъ-то дѣвочка взглянетъ на свою поѣздку", подумала начальница и, не выпуская письма изъ рукъ, отправилась въ рекреаціонное зало.

Соня сидѣла у открытаго окна; она тоже держала только что распечатанный конвертъ и, не принимая участія въ общихъ играхъ собравшихся тамъ подругъ, что-то обдумывала.

Начальница подошла къ ней совсѣмъ близко, а она даже не замѣтила, и опомнилась только тогда, когда послѣдняя назвала ее по фамиліи.

Соня встрепенулась и вскочила съ мѣста.

— Нелидова,— заговорила начальница въ. полголоса,— сію минуту я получила письмо отъ вашего батюшки, онъ проситъ немедленно отправить васъ въ деревню.

— Я знаю,— отозвалась Соня упавшимъ голосомъ.

— И знаете причину, по которой онъ васъ вызываетъ?

— Да, папа пишетъ обо всемъ подробно.

— Въ такомъ случаѣ, другъ мой, собирайтесь; сегодня вечеромъ я провожу васъ на поѣздъ.

Соня молча наклонила голову, начальница удалилась обратно въ кабинетъ, а одна изъ воспитанницъ, стоявшихъ около, подошла къ ней.

— Соня, ты, кажется, уѣзжаешь?— спросила она съ удивленіемъ.

— Да.

— Куда?

— Домой.

— Домой?— переспросила дѣвочка и еще больше удивилась.

— Но вѣдь ты никогда туда не ѣздила.

— Никогда, Ната, никогда...— отрывисто отвѣчала Соничка, чувствуя, что слезы подступаютъ къ горлу,— а теперь вотъ... надобно.

Нѣсколько минутъ продолжалось молчаніе; Соня стояла блѣдная какъ полотно; Ната смотрѣла на нее съ участіемъ.

— Послушай,— проговорила она наконецъ,— ты постоянно утверждаешь, что любишь меня, а между тѣмъ не была откровенна; я вижу... я знаю, у тебя есть что-то на душѣ... ты бѣжишь изъ дома; скажи, милая Соня, какая тому причина, ты видимо страдаешь... скажи, тебѣ будетъ легче, а я, повѣрь, никогда не употреблю во зло твоего довѣрія.

Соня въ первую минуту вмѣсто отвѣта горько заплакала, но затѣмъ, нѣсколько успокоившись, обняла Нату за талію и отправившись съ нею въ уединенную аллею сада, разсказала до мельчайшихъ подробностей всю свою жизнь, съ той грустной поры, какъ умерла ея мама, а отецъ женился вторично, причемъ не утаила постоянныхъ предостереженій старушки-няни относительно мачихи. Ната слушала подругу съ большимъ вниманіемъ.

— Ты на меня не разсердишься, Соня, за то, что я сейчасъ хочу сказать? — спросила Ната, когда печальная исторія была окончена.

— Нѣтъ; а что же именно?

— Мнѣ кажется, ты одна во всемъ виновата.

— Какъ?

— Очень просто; прежде чѣмъ слушать глупую болтовню старухи, тебѣ надо было хорошенько всмотрѣться въ мачиху, хорошенько вдуматься, дѣйствительно ли она такая дурная, какъ тебѣ ее представили.

— Но, Ната, какую же цѣль могла имѣть няня говорить не то, что думала.

— Я этого не утверждаю; няня, увѣряя тебя, что мачиха твоя злая, что она заморитъ тебя голодомъ, будетъ обижать, отниметъ игрушки — оставалась, можетъ быть, сама въ полномъ убѣжденіи истины своихъ словъ, потому что не любила ее, надѣясь, что если отецъ не женился бы, быть полною хозяйкою въ домѣ, а вдругъ на дѣлѣ вышло иначе; ну, вотъ ей и завидно.

Соня сначала ни за что не хотѣла согласиться съ подругою, но чѣмъ дольше говорила послѣдняя, тѣмъ она больше и больше сдавалась, такъ что когда къ вечеру начальница отвезла ее на поѣздъ и усадила въ отдѣльное купэ, то она уже почти успокоилась, хотя все-таки въ душѣ попрежнему питала недружелюбное чувство къ мачихѣ и ея маленькому Полю.

Поѣздъ мчался очень быстро; погода стояла превосходная; Соня спустила окно въ вагонѣ и, любуясь на безпрестанно смѣнявшіяся вершины полей, лѣсовъ, деревень, думала свои невеселыя думы. Ночь провела она очень хорошо; во снѣ снилась Ната, снилась мачиха, маленькій Поль, снился папа, такой блѣдный, разстроенный, снился старый, деревянный домъ въ имѣніи... Когда она проснулась, солнышко было уже высоко; она протерла заспанные глаза, вытянулась, зѣвнула и, обратившись къ проходившему въ эту минуту кондуктору, спросила, далеко ли еще до той станціи, гдѣ ей нужно выходить.

— Она будетъ сейчасъ, — отозвался кондукторъ, — я собственно для того и вошелъ, чтобы предупредить васъ, вы такъ крѣпко спали.

Соня поблагодарила кондуктора и начала собирать въ одно мѣсто свои пожитки.

По прошествіи получаса поѣздъ подошелъ къ станціи.

— Здравствуйте, барышня! — окликнулъ ее знакомый голосъ горничной Пёлагеи.

— А, Пелагеюшка, здравствуй! — отозвалась Соня и поцѣловала горничную, — ну, что, какъ папа?

— Ничего, слава Богу, здоровъ, только очень встревоженъ... барыня опасно больна... неизвѣстно, поправится ли...

Соня ничего не отвѣтила.

Пелагея помогла вынуть вещи, перенесла ихъ въ карету и дѣвочка снова пустилась въ путь-дорогу.

Она такъ давно не была здѣсь, что всѣ мѣста казались ей новыми; во все время путешествія она ни разу не произнесла имени мачихи, а Поля старалась безъ умолку говорить о постороннихъ предметахъ.

Наконецъ, послѣ довольно продолжительнаго переѣзда, карета завернула въ паркъ и, направляясь по длинной липовой аллеѣ, остановилась у крыльца низкаго, одноэтажнаго дома.

— Вотъ и пріѣхали, — замѣтила Пелагея.

Едва только успѣла Соня выйти изъ кареты, какъ стеклянная дверь подъѣзда отворилась и на порогѣ показался хорошенькій бѣлокурый мальчуганъ, лѣтъ шести, одѣтый въ красный бархатный костюмъ; слѣдомъ за нимъ выбѣжала косматая собаченка.

— Неужели это Поль? — проговорила Соня, взглянувъ пристально на мальчика, — какъ онъ выросъ!

— Да, Соня; это я — Поль, твой братецъ, — отозвался ребенокъ и при этомъ такъ ласково посмотрѣлъ на Соню, такъ довѣрчиво протянулъ къ ней рученки, что она, позабывъ о своемъ нерасположеніи къ нему, сразу почувствовала, что начинаетъ какъ будто любить это прелестное, ни въ чемъ передъ ней неповинное созданьице.

— Какой ты большой, Поль! — сказала она, поцѣловавъ его.

— И ты, Соня, тоже; я помню, когда ты отъ насъ уѣхала, то была совсѣмъ маленькая.

— Развѣ ты еще не забылъ обо мнѣ?

— Нѣтъ, мама очень часто говоритъ со мною о тебѣ. — Соня уже открыла ротъ, чтобы спросить, что именно мачиха говоритъ о ней, но потомъ, передумавъ, рѣшила лучше промолчать: "самъ проболтается, зачѣмъ показывать, что я интересуюсь этой женщиной", подумала она.

48

Предположеніе, что Поль непремѣнно проболтается, не обмануло Соню, такъ какъ мальчикъ сію же минуту добавилъ:

— Мама говоритъ, что ты хорошая дѣвочка, что я долженъ любить тебя, слушаться, потому что ты старшая сестра. Но однако пойдемъ скорѣе въ комнаты, папа давно, давно ожидаетъ; бѣдная мама вѣдь очень больна, онъ почти не отходитъ отъ ея кровати.— При словѣ "мама" Соню всякій разъ какъ-то коробило, но она дѣлала надъ собою усиліе и, стараясь казаться покойною, послѣдовала за братишкой. Пройдя цѣлую амфиладу комнатъ, они, наконецъ, отворили дверь въ кабинетъ, гдѣ застали Николая Николаевича Нелидова сидящимъ около письменнаго стола съ газетою въ рукахъ. Когда онъ повернулъ голову въ ихъ сторону, то Соня даже испугалась, до того лицо его какъ-то постарѣло, осунулось и похудѣло.

— Папочка, какъ ты измѣнился, какъ у тебя должно быть скверно и тяжело на душѣ!— невольно воскликнула дѣвочка, бросившись на шею отца.

Нелидовъ вмѣсто отвѣта крѣпко прижалъ ее къ груди и заплакалъ; глядя на него, Соня тоже не могла удержать слезъ, а за нею расплакался и Поль.

— Довольно, довольно!— сказалъ наконецъ папа,— что это мы разнюнились, Господь милостивъ, все кончится благополучно...

Затѣмъ ловко перевелъ рѣчь на другую тему и, выславъ Поля подъ какимъ-то предлогомъ изъ комнаты, началъ говорить съ Сонею о мачихѣ, и говорилъ долго, много, безостановочно.

— Надѣюсь, дружокъ, что теперь, когда ты уже начинаешь дѣлаться подросточкомъ, больше не повторится того что было,— сказалъ онъ въ заключеніе,— идемъ сейчасъ въ спальню мамы,— она, бѣдная, ждала тебя давно и съ большимъ нетерпѣніемъ.

Соня молча послѣдовала за отцомъ; за все время своей

женитьбы онъ первый разъ въ разговорѣ съ Соней назвалъ мачиху "мамой"...

Дѣвочкѣ стало жутко; ей невольно вспомнилась покойная мама, и при мысли, что теперь другая, совершенно посторонняя женщина занимаетъ ея мѣсто, она почувствовала въ душѣ новую бурю, но, взглянувъ на изстрадавшагося отца, сейчасъ же смирилась. Когда оба они вошли въ спальню, больная открыла глаза.

— Соня!..— проговорила она слабымъ, едва слышнымъ голосомъ,— какъ ты выросла!

Соня почтительно поцѣловала ея руку.

Отецъ взглянулъ на дѣвочку благодарными, полными слезъ глазами.

— Выросла... выросла...— повторяла между тѣмъ больная,— я очень рада, что ты пріѣхала... у меня къ тебѣ большая просьба... Видишь-ли, если въ случаѣ я умру, не оставь моего Поля... у него никого нѣтъ; папа — мужчина, гдѣ ему возиться съ маленькимъ ребенкомъ...

— Зачѣмъ такія мрачныя мысли!— отозвалась Соня,— вы поправитесь, непремѣнно поправитесь...

— Дай Богъ! мнѣ самой умирать не хочется, но во всякомъ случаѣ, даже теперь, пока я лежу больная, возьми Поля подъ свое покровительство, я буду покойнѣе... мнѣ легче будетъ... Возьмешь? Да?— допытывалась мачиха, едва переводя духъ.

— Конечно, даю вамъ въ этомъ честное слово.

Марія Антоновна, такъ звали мачиху, осторожно притянула дѣвочку къ себѣ и, захлебываясь отъ внутренняго волненія, проговорила почти шопотомъ:

— Спасибо; Богъ тебя за это не оставить!

Соня чуть не расплакалась.

— Вамъ нуженъ покой, — возразила она, — мы говорили слишкомъ много, усните. — Поль, пойдемъ въ дѣтскую, ты покажешь мнѣ свои игрушки.

И взявъ мальчика за руку, она повела его сначала въ садъ, а потомъ въ дѣтскую.

Мальчуганъ говорилъ безъ умолку, Соня слушала его съ удовольствіемъ; она соглашалась въ душѣ, что съ каждою минутой все больше и больше привязывается къ ребенку. "Какъ-то пойдутъ дѣла съ мачихой?" задавала она себѣ вопросъ, задумываясь надъ нимъ, но опредѣленнаго отвѣта все-таки не получалось.

Недоброе сѣмя, брошенное няней, пустило корни слишкомъ глубоко; надо было много времени, и еще того больше усилій, чтобы въ концѣ-концовъ вырвать его вонъ и навсегда позабыть о немъ.

Выбравъ себѣ одну изъ комнатъ и устроившись въ ней окончательно, Соня усердно занялась хозяйствомъ; отецъ передалъ ей всѣ ключи и довольно подробно объяснилъ, какъ слѣдуетъ приняться за дѣло. Одаренная отъ природы смышленостью и находчивостью, она на первыхъ же порахъ выказала свое знаніе и вполнѣ оправдала довѣріе.

Поль находился при ней неотлучно; она заставляла его читать вслухъ французскія и нѣмецкія книжки; требовала, чтобы онъ ежедневно занимался чистописаніемъ; остальную же часть дня позволяла играть и бѣгать по саду, но сама не отходила никуда ни на минуту.

Такимъ образомъ жизнь ея дома потекла тихо, мирно, но, собственно говоря, крайне однообразно; мачиха начала понемногу поправляться и доктора подавали надежду на выздоровленіе. Отецъ успокоился, все шло отлично до тѣхъ поръ, пока вдругъ однажды случилось слѣдующее совершенно неожиданное обстоятельство: погода стояла пасмурная; дождь шелъ, не переставая, съ самаго утра, такъ что не только гулять въ саду, но даже сидѣть на балконѣ было непріятно. Соня начала писать письмо Натѣ въ пансіонъ, а Поль, по обыкновенію, вертѣлся около.

— Нарисуй мнѣ лошадку, — сказалъ онъ сестрѣ по прошествіи нѣсколькихъ минутъ, замѣтивъ, что она увлеклась письмомъ и не обращаетъ на него вниманія.

— Некогда мнѣ теперь, Поль, ты видишь, я занята; послѣ.

— Но когда же послѣ?

— Когда кончу письмо.

— А это скоро будетъ?

— Не знаю.

Поль надулъ губки, отошелъ въ сторону, но затѣмъ почти сейчасъ же вернулся снова съ просьбою сдѣлать ему бумажнаго пѣтушка.

— Сказала, что некогда, оставь меня! — возразила Соня. — Неужели въ самомъ дѣлѣ я не могу ни одной минуты располагать собою.

— Но, Соничка, мнѣ скучно; я привыкъ, чтобы со мною занимались; когда мама была здорова, она не оставляла меня одного.

Соня продолжала писать и не отвѣчала ни слова.

Поль вскарабкался на ея стулъ сзади, охватилъ ее за шею и принялся тянуть внизъ, очевидно съ цѣлью опрокинуть.

— Ахъ, оставь, ради Бога, ты мнѣ ужасно надоѣлъ! — вскричала тогда потерявшая терпѣніе дѣвочка.

— Такъ научи, чѣмъ заняться, я буду очень благодаренъ и перестану надоѣдать тебѣ.

— Возьми книжку, прочитай что-нибудь.

— Я уже довольно читалъ сегодня.

— Иди играть своими оловянными солдатиками.

— Они мнѣ наскучили; я хочу, чтобы ты сдѣлала бумажнаго пѣтуха.

— Послѣ.

— Нѣтъ, сейчасъ, сейчасъ!— настаивалъ мальчикъ.

— Уходи прочь!— строго замѣтила тогда Соня и при этомъ даже возвысила голосъ.

Мальчуганъ, не привыкшій къ подобному тону, взглянулъ на нее пристально и, не рѣшаясь больше противорѣчить, тихо вышелъ изъ комнаты.

Соня была очень довольна; никто не мѣшалъ ей писать; она увлеклась своимъ занятіемъ и испестривъ цѣлый почтовый. листъ бумаги мелкимъ красивымъ почеркомъ, акуратно сложила письмо, всунула въ конвертъ, наклеила почтовую марку и позвонила горничную, приказавъ при первомъ удобномъ случаѣ отправить въ сосѣдній городъ на почту; затѣмъ встала изъ-за стола и съ видомъ очень утомленнаго человѣка, нехотя вышла въ садъ, чтобы отыскать Поля и исполнить его желаніе, то-есть нарисовать лошадку и сдѣлать бумажнаго пѣтуха, но Поля въ саду не оказалось.

"Вѣрно пробрался на ферму или въ конюшню,— подумала дѣвочка,— еще простудится по такой скверной погодѣ, надо пойти поискать".

Поля, однако, ни тамъ, ни тутъ не было; Соничка встревожилась; какъ сумасшедшая, бросилась она во всѣ стороны, спрашивая каждаго попавшагося, не видали-ли братишку. Отвѣты получались неудовлетворительные.

— Барышня, вы кого ищете?— окликнулъ ее старикъ кучеръ, проходившій черезъ дворъ за водою,— не маленькаго-ли барина?

— Да, Иванъ,— обрадовалась Соня,— не знаешь-ли куда онъ дѣвался?

— Съ часъ тому назадъ отправился къ рѣкѣ кататься на лодочкѣ; я еще останавливалъ: "куда молъ, говорю, одни собрались въ такую погоду, смотрите, какія волны на водѣ, утонуть можете", а онъ сердечный отвѣтилъ: "ничего, не утону; дома сидѣть скучно, заняться не съ кѣмъ", и пошелъ себѣ къ берегу. Услыхавъ слова кучера, Соня въ лицѣ измѣнилась, ее словно что въ сердце кольнуло.

— Боже мой, неужели онъ утонулъ!— проговорила она дрожащимъ голосомъ.

— Что вы, матушка-барышня, зачѣмъ такъ думать, просто поѣхалъ прокатиться; Богъ дастъ, воротится.— Съ этими словами старикъ поплелся дальше, а Соня поспѣшно бросилась по направленію къ рѣкѣ.

Волны дѣйствительно поднимались ужасныя, вѣтеръ съ каждою минутой усиливался, вдали слышались раскаты грома, и на небѣ отъ времени до времени сверкала молнія.

"Гдѣ онъ, что съ нимъ?— повторяла дѣвочка, съ отчаяніемъ ломая руки и пристально всматриваясь вдаль.— А можетъ быть, онъ дома?" подумала она, стараясь чѣмъ нибудь утѣшить себя.

Но, увы! Дома его не оказалось... Тогда она рѣшилась во всемъ сознаться отцу; отецъ чрезвычайно встревожился.

— Этого недоставало!— вскричалъ онъ почти вслухъ, со

54

слезами, — только что бѣдная женщина начала поправляться, и вдругъ такое ужасное горе... она не переживетъ его.

— Не надо ничего говорить до поры, до времени.

— Развѣ это возможно!

— Почему нѣтъ?

— Ты знаешь, что каждый вечеръ, передъ тѣмъ какъ уходить спать, онъ является къ ея кровати пожелать покойной ночи и получить благословеніе на сонъ грядущій.

— Мы скажемъ, что ему занездоровилось, и я уложила его въ постель раньше.

— Но, Соня, прежде чѣмъ лечь въ постель, онъ могъ во всякое время зайти къ матери.

— А если она спала сама, въ тотъ моментъ, когда я его уложила?

— Ну, пожалуй, скажемъ такъ, какъ ты совѣтуешь, только смотри, чтобы прислуга не проболталась.

— Я сейчасъ пойду предупредить всѣхъ въ домѣ.

И Соня моментально обошла всю прислугу, приказывая строго-на-строго ничего не докладывать барынѣ, сама же между тѣмъ страдала въ душѣ неимовѣрно; отецъ ея тоже самое.

Обоимъ имъ было еще больше тяжело, потому что въ присутствіи больной приходилось казаться совершенно покойными. По счастію, въ продолженіе дня она было не вспоминала о Полѣ, но когда пришла пора обѣдать, то обратившись къ падчерицѣ, сказала ласково:

— Соня, милая, сегодня ты, кажется, заказала къ обѣду грибы?

— Да! — отозвалась Соня, — а что? Неужели вы хотите ихъ попробовать, я полагаю, что вамъ еще нельзя.

— Нѣтъ, я знаю, что мнѣ нельзя даже и думать о чемъ-нибудь подобномъ, я не о себѣ хлопочу, а о Полѣ; пожалуйста, не давай ему ихъ много, это его любимое блюдо, которое между тѣмъ ему чрезвычайно вредно.

— Хорошо! — отвѣчала Соня и, вставъ со стула, хотѣла выйти изъ комнаты, чтобы скрыть внутреннее волненіе, но больная осторожно удержала ее за руку.

— Добрая ты, милая дѣвочка! — проговорила она слабымъ голосомъ, — спасибо тебѣ большое за моего Поля; еслибы не ты, то онъ со своимъ живымъ характеромъ и вѣчными шалостями навѣрное во время моей болѣзни не разъ натворилъ бы бѣдъ, и чего добраго, пожалуй, сломалъ-бы себѣ шею, а теперь я такъ за него покойна... такъ счастлива...

Говоря это, Марія Антоновна взглянула на падчерицу съ благодарностью.

Слушая ее, Соня переживала муки ада; она готова была зарыдать, сознаться во всемъ, просить прощенія, но пристально устремленный на нее умоляющій взоръ отца, заставилъ ее замолчать... Она только крѣпко поцѣловала больную и молча отправилась въ столовую, гдѣ обѣденный столъ давно уже стоялъ накрытымъ.

Отецъ сѣлъ на свое обычное мѣсто, Соня помѣстилась около, но ни тотъ, ни другая ни къ чему не прикасались.

Николай Николаевичъ ежеминутно разгонялъ прислугу во всѣ концы искать Поля; нѣсколько разъ даже самъ бѣгалъ на пристань, но о Полѣ не было ни слуху, ни духу.

Привязанная къ пристани лодочка не оказалась на своемъ мѣстѣ, изъ чего явно можно было заключить, что мальчуганъ отправился кататься.

— Папочка, кажется, кучеръ Иванъ идетъ сюда... онъ какъ будто торопится, я пойду спросить, не узналъ ли онъ чего о Полѣ! — сказала Соня и, спустившись съ лѣстницы балкона, пошла по липовой аллеѣ на встрѣчу старику.

— Нѣтъ ли какихъ извѣстій? — тревожно спросила она.

— Есть, матушка-барышня, только мало утѣшительныя.

Соня чувствовала, что у нея подкашиваются ноги.

— Неужели онъ утонулъ? говори скорѣе! — бормотала дѣвочка.

Кучеръ медлилъ отвѣтомъ... Соня повторила свой вопросъ.

— Должно быть!.. — проговорилъ онъ тогда глухо.

— Почему ты такъ думаешь?

— Потому что отправленные на поиски рабочіе, версты за двѣ отъ пристани, наткнулись на пустую лодку, ее несло по теченію.

Соня залилась горючими слезами.

— Боже мой! что теперь будетъ! — вскричала она съ отчаяніемъ всплеснувъ руками, и пошла все сообщить отцу.

Видя безграничное горе дѣвочки, Николай Николаевичъ не упрекнулъ ее за то, что она не сдержала даннаго мачихѣ слова и не усмотрѣла за братишкой, а только сурово нахмурилъ брови, заложилъ руки въ карманы и съ лихорадочнымъ волненіемъ принялся шагать по комнатѣ.

— Слезами бѣдѣ не поможешь, — проговорилъ онъ наконецъ отрывисто, — надо придумать какъ подготовить несчастную Марію Антоновну къ ужасному извѣстію.

— Я не въ силахъ дольше владѣть собою, я должна сейчасъ же пойти къ ней и, валяясь въ ногахъ, со слезами вымаливать себѣ прощеніе.

— Что ты, безумная, хочешь убить ее?

— Но какъ же, вѣдь рано или поздно она должна узнать истину.

— Да; но не съ разу все-таки... Сегодня мы скажемъ, что Поль ушибся и лежитъ въ постелѣ, а тамъ понемногу, съ Божьею помощью, подготовимъ; теперь же самое лучшее, ты не ходи къ ней, я самъ все объясню...

— А ежели она обо мнѣ спросить?

— Я скажу, что ты сидишь у кровати Поля.

На томъ и порѣшили; Соня ушла въ свою комнату.

Вставъ передъ висѣвшимъ въ углу образомъ Богородицы, она долго, горячо молилась... Слезы текли цѣлымъ потокомъ по ея блѣднымъ щекамъ, она страдала такъ, какъ никогда никому бы не пожелала.

Отецъ между тѣмъ отправился въ комнату больной и осторожно, ловко, сочинилъ цѣлую исторію про маленькаго Поля, будто бы упавшаго со стула, и слегка ушибившаго себѣ ногу, — и больная повѣрила ему.

— Шалунъ онъ, бѣдовый, хорошо что Соня такая добрая, внимательная; кто бы теперь безъ меня за нимъ присматривалъ! — отозвалась Марія Антоновна, все-таки немного встревоженная; — ты потомъ позови сюда Соню, — добавила она, — я хочу подробно разспросить, какъ онъ себя чувствуетъ.

— Хорошо; но едва ли Поль позволить ей уйти; мальчуганъ кажется такъ привязался къ ней, что ни на минуту отъ себя не пускаетъ.

— Тогда пускай хоть вечеромъ забѣжить, когда онъ уснеть.

— Это можно, — отвѣтилъ Николай. Николаевичъ, а самъ

между тѣмъ мысленно рѣшилъ ни за что, ни въ какомъ случаѣ не позволить Сонѣ видѣться съ мачихой.

Грустный, задумчивый, бродилъ онъ по комнатамъ и какъ сторожъ караулилъ дверь, ведущую въ спальню, изъ страха, что кто-нибудь проскользнетъ туда разоблачить горькую истину.

Когда стѣнные часы въ столовой пробили девять, Марія Антоновна встрепенулась; она знала, что Поль въ этотъ часъ ложится, и нѣсколько разъ съ нетерпѣніемъ допытывалась, скоро ли къ ней забѣжитъ Соня.

— Скоро, скоро,— отвѣчалъ Николай Николаевичъ, а самъ какъ сумасшедшій метался изъ угла въ уголъ.

Кругомъ на дворѣ все было тихо... но вотъ, вдругъ около воротъ послышался шумъ и незнакомый мужской голосъ.

— Соня,— окликнулъ онъ дочь, грустно сидѣвшую на балконѣ,— поди узнай, кто пришелъ.

— Сейчасъ, папа,— отвѣчала дѣвочка и пошла освѣдомиться. Потерявъ всякую надежду на возможность получить какія-нибудь утѣшительныя вѣсти о Полѣ, она не торопилась, и даже какъ-то инстинктивно боясь услыхать или увидѣть что-нибудь еще худшее, замедляла шагъ.

— Барышня, а барышня, пожалуйте сюда, пожалуйте скорѣе...— раздался голосъ кучера.

Соня бросилась бѣгомъ къ чугунной рѣшеткѣ, за которою шла проѣзжая дорога и откуда до нея доносились голоса; подойдя ближе, она увидѣла Ивана, стоявшаго рядомъ съ какимъ-то рослымъ, широкоплечимъ мужчиной; мужчина держалъ на рукахъ что-то довольно объемистое, прикрытое длиннымъ, чернымъ зипуномъ и похожее на человѣческую фигуру.

— Зачѣмъ ты звалъ меня, Иванъ?— спросила дѣвочка, обратившись къ кучеру % искоса поглядывая на незнакомца.

59

— Да вотъ, никакъ Господь Богъ сжалился надъ нами, маленькій-то баринъ, кажись, находится...

— Неужели! Какъ, гдѣ, когда... онъ живъ... говори скорѣе, ради Бога, говори!

Иванъ вмѣсто отвѣта кивнулъ головою на незнакомца. Соня взглянула на него вопросительно. Онъ откинулъ полу чернаго зипуна, и Соня увидѣла знакомое ей личико маленькаго Поля.

— Поль, голубчикъ, ты живъ! не утонулъ!— вскричала она радостно и бросилась къ мальчику; незнакомецъ осторожно отстранилъ ее рукою.

— Тише, барышня, не разбудите, онъ только что заснулъ и успокоился послѣ страшной передряги; бѣдняжка вѣдь былъ на волосокъ отъ смерти, и еслибы не счастливая случайность, что я, на моемъ маленькомъ челнокѣ отправился ловить рыбу и на него наткнулся, то не видать бы вамъ братишка никогда, какъ собственныхъ ушей...

Соня не слышала конца рѣчи незнакомца, такъ какъ съ быстротою молніи бросилась обратно въ комнаты сообщить отцу обо всемъ случившемся.

Николай Николаевичъ явился на дворъ моментально; онъ готовъ былъ расцѣловать незнакомца, оказавшагося простымъ рыбакомъ, который, замѣтивъ, что маленькій мальчикъ, не будучи въ силахъ совладать съ лодкою, опрокинулся и тонетъ, во время подоспѣлъ къ нему на помощь, ловко схватилъ за волосы, вытащилъ и% благополучно доставилъ на берегъ. Вслѣдствіе сильнаго испуга, Поль, конечно, потерялъ сознаніе; рыбаку стоило много усилій привести его въ чувство, но въ концѣ-концовъ это ему все-таки удалось; мальчикъ открылъ глаза, и увидавъ себя лицомъ къ лицу съ незнакомымъ человѣкомъ, сѣдая борода котораго и гигантскій ростъ невольно наводили на него страхъ, заплакалъ. Рыбакъ сталъ его уговаривать. Поль въ первыя минуты ничего не слушалъ, и чѣмъ больше уговаривалъ его незнакомецъ, тѣмъ онъ громче кричалъ и плакалъ. Къ вечеру, однако, немного успокоился; рыбакъ кое-какъ вывѣдалъ отъ него, гдѣ онъ живетъ, какъ его фамилія и, руководствуясь собранными свѣдѣніями, поспѣшилъ доставить домой.

Николай Николаевичъ щедро наградилъ его деньгами и съ благодарностью отпустилъ обратно, а Поля бережно уложили въ кроватку. Соня, конечно, помогала ему въ послѣднемъ; она была на верху блаженства, и хотя продолжительный сонъ мальчика казался ей немного страннымъ и подозрительнымъ, тѣмъ не менѣе все-таки считала себя счастливою въ томъ отношеніи, что онъ живъ по крайней мѣрѣ...

Бодро вошла она въ комнату мачихи, постаралась успокоить ее, что ушибъ Поля не опасенъ и, подъ предлогомъ необходимости своего присутствія около него, поспѣшила снова удалиться; на самомъ же дѣлѣ боялась, что Марія Антоновна замѣтитъ ея красные глаза, сильно распухшіе отъ слезъ.

Поль проспалъ не пробуждаясь вплоть до полночи; въ полночь онъ проснулся, открылъ глаза, обвелъ ими вокругъ и, не узнавъ находившихся надъ его изголовьемъ отца и Соню, заговорилъ скороговоркою:

— Волны... волны видно... Старикъ... лодка... Охъ, какъ страшно... какъ холодно...

Николай Николаевичъ приложилъ руку къ его маленькому лобику; лобикъ горѣлъ словно въ огнѣ.

— Надо послать за докторомъ,— сказалъ тогда Николай Николаевичъ,— ребенокъ бредитъ.

Соня командировала конюха въ ближайшій городъ за однимъ изъ тѣхъ докторовъ, которые по очереди раза два въ недѣлю все еще продолжали навѣщать Марію Антоновну.

Докторъ явился немедленно; тщательно осмотрѣлъ маленькаго

больного и объявилъ Нелидову, что предположеніе послѣдняго вполнѣ справедливо и что у Поля начинается сильная, нервная горячка, охватившая его, по всей вѣроятности, отчасти отъ простуды, а отчасти отъ сильнаго испуга.

— Какой будетъ исходъ, опредѣлить пока трудно, но болѣзнь, во всякомъ случаѣ, затянется долго, и выздоровленіе послѣдуетъ очень, очень медленно,— сказалъ въ заключеніе докторъ.

— Какъ же намъ быть тогда съ Маріей Антоновной?— спросилъ Нелидовъ.

— Надо постараться приготовить ее ко всему случившемуся.

— И сказать правду?— съ ужасомъ замѣтила Соня.

— Нѣтъ, зачѣмъ! Разъ уже вы начали обманывать ее, будемъ продолжать пока дѣлать то же; пусть она останется въ убѣжденіи, что Поль заболѣлъ вслѣдствіе ушиба.

— Она этому не повѣритъ, докторъ.

— Предоставьте мнѣ устроить дѣло,— отозвался докторъ,— я возьму на себя трудъ увѣрить больную, только сами не проболтайтесь. Правду же мы скажемъ ей тогда, когда она будетъ покрѣпче и Поль начнетъ поправляться; теперь надо хитрить, чтобы сберечь ее, и употребить всевозможное стараніе поднять на ноги мальчугана.

Сказано — сдѣлано; докторъ выполнилъ срою задачу какъ нельзя лучше; Марія Антоновна въ продолженіе цѣлой недѣли оставалась убѣжденною, что Поль не встаетъ съ кровати, вслѣдствіе опухоли въ ногѣ; когда же ей стало настолько лучше, что она могла немного двигаться и сидѣть, то пожелала, чтобы ее снесли въ дѣтскую.

Поль къ этому времени тоже, благодаря искусству доктора и старательному уходу Сони, чувствовалъ себя крѣпче; горячку успѣли захватить, оставалась только сильная слабость.

— Бѣдный мой мальчикъ, какъ ты похудѣлъ и измѣнился,— сказала Марія Антоновна, увидѣвъ его и крѣпко цѣлуя,— покажи мнѣ больную ногу.

— У меня не болитъ нога, мамочка,— отозвался Поль, позабывъ на радости сдѣланное съ докторомъ условіе, но, сейчасъ же спохватившись, покраснѣлъ до ушей, хотѣлъ поправиться, солгать и запутался еще больше.

Марія Антоновна замѣтила это, тѣмъ болѣе, что замѣшательство мальчика отъ него перешло на самого Нелидова и на Соню.

— Тутъ что-то не такъ,— обратилась она вообще ко всѣмъ присутствующимъ.

Отвѣта не послѣдовало.

— Не такъ, не такъ,— утверждала больная;— вы скрываете отъ меня правду; но я прошу убѣдительно, сознайтесь; если какая-нибудь опасность и была прежде, то теперь вѣдь она видимо миновалась; слѣдовательно, я хочу знать все.

— Ну, хорошо, пожалуй, такъ и быть,— отозвался Николай Николаевичъ,— только дай намъ слово, что не будешь волноваться.

Марія Антоновна въ знакъ согласія кивнула головой.

Николай Николаевичъ началъ подробно разсказывать все случившееся, стараясь насколько возможно представить страшную картину не настолько въ ужасномъ видѣ, какъ была она на самомъ дѣлѣ.

Соня тихою стопою подошла къ креслу мачихи, встала передъ нею на колѣни и, заливаясь горючими слезами, крѣпко схватила за руку.

— Мама, милая...— приговаривала она, захлебываясь отъ внутренняго волненія, и первый разъ назвавъ мачиху этимъ нѣжнымъ именемъ, — простите... я одна во всемъ виновата... я не сдержала даннаго слова, не усмотрѣла за Полемъ... увлеклась письмомъ къ подругѣ и грубо прогнала почти его отъ себя... но больше, мамочка, никогда ничего подобнаго не повторится...

Марія Антоновна обняла Соню.

Съ этого достопамятнаго дня между ними водворилась постоянная дружба; Марія Антоновна поправлялась довольно быстро; что же касается Поля, то выздоровленіе его, какъ предсказалъ докторъ, порядочно затянулось, но тѣмъ не менѣе, по прошествіи шести недѣль, онъ сталъ на ноги, принялъ видъ прежняго, веселаго мальчугана, и жизнь семьи Нелидовыхъ потекла мирно и счастливо.

ПАПИНА КНИГА

Липочка очень любила своего маленькаго брата Борю и все свободное отъ уроковъ и занятій время проводила съ нимъ.

Боря былъ шалунъ большой руки, подъ часъ даже надоѣдалъ Липочкѣ, сердилъ ее, въ особенности тѣмъ, что не давалъ покоя ея любимицѣ, рыжей кошечкѣ Минеткѣ, которая обыкновенно спала на низенькой, обитой сафьяномъ скамеечкѣ.

— Боря, оставь Минетку, она спать хочетъ,— сказала однажды Липочка, замѣтивъ, что братишка, взявъ въ руки гусиное перо, осторожно водитъ имъ за ухомъ кошки и этимъ безпокоитъ ее.

— Не бѣда, послѣ выспится, вѣдь ей дѣлать нечего.

— Но если ей хочется спать именно теперь, а не послѣ!

— Опять-таки это меня не касается... Я хочу играть съ нею... хочу тормошить ее...

— Какъ тебѣ не стыдно быть такимъ недобрымъ мальчикомъ, Боря?

— Чѣмъ же я недобрый?

— Тѣмъ что не даешь покоя бѣдному животному.

— Окажите, пожалуйста, какія нѣжности! Я понимаю если бы Минетка твоя была человѣкъ, то ты могла бы думать о ея спокойствіи, но вѣдь она кошка.

— Такъ что же? Развѣ кошка не живое существо, развѣ она не чувствуетъ точно также какъ ты, я и вообще всѣ люди?

Боря началъ возражать, Липочка спорила съ нимъ, доказывала, но Боря, не принимая во вниманіе ничего, утверждалъ свое, и по прежнему тормошилъ кошку.

Разговоръ на эту тему затянулся бы между ними, по всей вѣроятности, очень долго, если бы его не прервала вошедшая въ комнату мама.

— Знаете, друзья мои, какое пріятное извѣстіе принесла я вамъ? — обратилась она къ дѣтямъ.

Боря и Липочка взглянули на нее вопросительно.

— Да, — продолжала мама, — такое пріятное и хорошее какого вы навѣрное никакъ не ожидали.

— Какое, мамочка, говори скорѣе?

— Сію минуту пришло письмо отъ дѣдушки, онъ проситъ насъ всѣхъ къ себѣ въ деревню на цѣлый мѣсяцъ по случаю пріѣзда изъ за границы дяди Миши съ женой и маленькимъ сыномъ.

— Ахъ, какая радость!

— Ахъ, какое счастіе! — въ голосъ вскричали дѣти соскочивъ съ мѣста.

— И скоро, мамочка, мы поѣдемъ?

— Вѣроятно, черезъ недѣлю.

— Почему же не сегодня, не сейчасъ? — замѣтилъ Боря, — ждать недѣлю долго... скучно...

— Нельзя, другъ мой, у папы есть дѣла, которыя его задерживаютъ, да и мнѣ тоже надо сдѣлать различныя распоряженія по дому; недѣля пройдетъ незамѣтно.

Съ этими словами мама вышла обратно изъ комнаты.

Братъ и сестра, оставшись одни, повели рѣчь о предстоящей поѣздкѣ къ дѣдушкѣ; они знали заранѣе, что имъ тамъ будетъ очень весело. Дѣдушка такой добрый, ласковый, предупредительный; онъ всегда придумаетъ массу удовольствій и именно такихъ, которыя дома положительно невозможны".

Но видно сегодня не судьба имъ была долго увлекаться однимъ и тѣмъ же разговоромъ, потому что, какъ за нѣсколько минутъ передъ тѣмъ мама прервала бесѣду о сравненіи Минетки съ человѣкомъ, такъ и теперь ее прервалъ неожиданно вошедшій въ дѣтскую товарищъ Бори, Сережа Стебницкій.

Увидавъ гостя, Боря чрезвычайно обрадовался, и даже не поздоровавшись съ нимъ, принялся первымъ дѣломъ сообщать о предстоящей поѣздкѣ къ дѣдушкѣ.

— Экой ты какой счастливый, подумаешь!— отозвался Сережа,— вотъ у меня такъ нѣтъ ни бабушки, ни дѣдушки, некуда ѣхать. Впрочемъ, я и дома не скучаю, особенно если удастся тихонько отъ мамы вырваться на улицу и убѣжать куда нибудь подальше, тогда ужъ я чего-чего не придумаю. Вчера, напримѣръ, знаешь, чѣмъ я занимался?

— Чѣмъ?

— А какъ думаешь?

— Право не знаю.

— Птичьи гнѣзда разорялъ; это очень весело.

— Какъ вамъ не стыдно, Сережа, вѣдь это грѣхъ!— вмѣшалась въ разговоръ все время сидѣвшая молча въ сторонѣ Липочка, и съ неудовольствіемъ взглянула на мальчика, котораго вообще не долюбливала за его постоянныя шалости, недоброе сердце и главное,— за частые дурные совѣты маленькому Борѣ.

— Грѣхъ въ орѣхъ!— насмѣшливо отозвался Сережа.

— Что это значить: "грѣхъ въ орѣхъ"?

— Поговорка такая; означаетъ же она то, что о грѣхѣ думать не стоитъ, его можно спрятать въ орѣхъ и дѣлать все что угодно.

— Нехорошо, Сережа, очень нехорошо разсуждать подобнымъ образомъ.

Но Сережа не слушалъ замѣчаній Липочки; онъ занялся разглядываніемъ лежавшей на столѣ книги съ картинками и, случайно толкнувъ стоящую по близости чернильницу, окатилъ ее чернилами.

— Ай, Сережа, что ты надѣлалъ! — съ ужасомъ вскричалъ Боря.

— Что такое?

— Испортилъ папину книгу; онъ будетъ очень недоволенъ; папа человѣкъ чрезвычайно акуратный, въ особенности когда дѣло касается его библіотеки.

— Не велика бѣда! У него книгъ много, цѣлый шкафъ.

— Да, но это все-таки не причина обливать ихъ чернилами, — снова вставила рѣчь свою Липочка, — какъ теперь сказать папѣ, я ужъ не знаю.

— И не трудитесь говорить, — отвѣчалъ Сережа, мы уладимъ все отлично.

— Какимъ образомъ?

— Я достану вамъ взамѣнъ этой книги другую точно такую же.

— Посмотримъ.

— Увидите. А ты что тутъ лежишь, милая кошечка? — добавилъ Сережа, обратившись къ Минеткѣ, — дай-ка я тебя позабавлю.

И не долго думая, взялъ ее за заднія лапы, стащилъ со скамейки, и принялся волочить по комнатѣ. Минетка старалась высвободиться, кричала, мяукала, вырывалась, но Сережа, конечно, оказался сильнѣе.

— Оставьте мою Минетку въ покоѣ! — взмолилась Липочка, — оставьте, ради Бога, вы дѣлаете ей больно, такъ нельзя...

Сережа продолжалъ потѣшаться надъ несчастной кошкой, Липочка обливалась слезами, отнимала ее, Боря пришелъ на помощь сестрѣ, завязалась цѣлая драка; въ концѣ-концовъ Минетка все-таки была освобождена, Липочка взяла ее на руки и бережно понесла въ другую комнату.

Оставшись одни, мальчики еще продолжали нѣкоторое время спорить, и даже ссориться, но затѣмъ, позабывъ обо всемъ случившемся снова стали друзьями.

— Однако, Сережа, ты обѣщанную-то книгу принеси сегодня,— сказалъ Боря.

— Какую книгу?

— Какъ какую? Забылъ ужъ?

— Забылъ, честное слово.

— Боже мой! да ту, которую сейчасъ залилъ чернилами.

— Ахъ да! теперь вспомнилъ; но только гдѣ я возьму ее?

— Какъ гдѣ возьмешь? Вѣдь ты сказалъ Липочкѣ, что взамѣнъ доставишь точно такую же.

— А ты и повѣрилъ?

— Конечно; а то какъ же?

— Я сказалъ это просто для того, чтобы твоя Липочка замолчала; надоѣла она мнѣ какъ горькая рѣдька своими замѣчаніями.

— Значитъ у тебя такой книги нѣтъ?

— Очень понятно.

Боря закрылъ лицо руками и горько заплакалъ.

— Чего разнюнился, словно старая баба!— подтруннъалъ надъ нимъ Сережа.

— Да какъ же, Сережа, ты не знаешь моего папу, онъ очень

строгій... Если я даже скажу, что ты испортилъ книгу, онъ все равно взыщетъ съ меня, зачѣмъ я позволилъ тебѣ это сдѣлать.

— Самое лучшее, ничего не говори, можетъ, онъ забудетъ.

— Нѣтъ, онъ еще вчера вспоминалъ о ней и приказалъ не позже завтрашняго дня возвратить непремѣнно.

— Тогда дѣло-то значитъ неладно, — отозвался Сережа и задумался; — постой, постой, — продолжалъ онъ по прошествіи нѣсколькихъ минутъ, — мнѣ отличная мысль пришла въ голову.

— Какая?

— Отправимся мы сейчасъ въ кабинетъ твоего папы...

— Ну, и что же?

— Подберемъ ключъ къ книжному шкафу и достанемъ оттуда первую попавшуюся книгу, похожую по наружному виду на ту, которую я запачкалъ чернилами.

— То-есть, какъ это подобрать ключъ, да и гдѣ его взять наконецъ?

— У меня ихъ съ собою сколько угодно.

— Да для чего все это, объясни пожалуйста?

— Какой ты недогадливый... конечно, для того, чтобы подсунуть вмѣсто испорченной, онъ не будетъ разворачивать, возьметъ ее и дѣло въ шляпѣ.

— Нѣтъ, Сережа, я этого не хочу дѣлать, это нечестно.

— Что такое нечестно?

— Безъ спроса трогать книги... подбирать ключъ... обманывать папу, — возразилъ Боря.

— Ну, зафантазировалъ! — засмѣялся Сережа и безъ дальнихъ

пререканій силою потащилъ его въ кабинетъ и, вынувъ изъ кармана связку ключей, началъ ихъ по очереди вкладывать въ замочную скважину.

— Готово!— сказалъ онъ по прошествіи нѣсколькихъ минутъ и поспѣшно открылъ одну половинку шкафа.

— Ахъ, Сережа, что ты дѣлаешь!

— Ничего особеннаго.

— Если папа войдетъ, мы погибли!— вскричалъ Боря почти со слезами.

— Экой ты трусъ какой! Настоящая баба! Ну, изволь, запру, успокойся! А ключикъ-то все-таки совѣтую взять на случай.

— Не надо.

— Возьми, возьми, не брызгай; знаешь пословицу: "не плюй, въ колодезь, придется водицы испить".

Съ этими словами мальчуганъ силою всунулъ ему ключъ въ карманъ курточки.

Въ смежной съ кабинетомъ комнатѣ, между тѣмъ, послышались шаги возвратившагося со службы отца; оба товарища, струхнувъ, осторожно на ципочкахъ пустились бѣжать обратно въ дѣтскую.

— Прощай,— шепнулъ Сережа,— мнѣ пора, я ухожу... Смотри не проговорись Липочкѣ о ключѣ, она бѣдовая, и со своимъ длиннымъ языкомъ какъ разъ насъ выдастъ.

Боря хотѣлъ возразить, хотѣлъ отдать назадъ ключъ, но Сережа былъ уже далеко; тогда онъ сѣлъ на диванъ, задумался и подъ вліяніемъ различныхъ мыслей даже не замѣтилъ, какъ вошедшая горничная позвала его обѣдать.

— Баринъ, а баринъ, что съ вами, никакъ спите? — окликнула она его вторично.

— А что? — отозвался Боря,

— Да зову кушать, а вы и головы не поднимете.

— Сейчасъ иду, — и вставъ съ мѣста, онъ отправилъ горничную впередъ, самъ же, прежде чѣмъ послѣдовать за нею, бережно спряталъ испорченную книгу въ ящикъ съ игрушками, подсунувъ ее на самое дно.

Обѣдъ прошелъ довольно весело; папа былъ въ хорошемъ расположеніи духа, шутилъ, смѣялся, острилъ, много и долго говорилъ по поводу предстоящей поѣздки къ дѣдушкѣ. Мама тоже вполнѣ сочувствовала его веселому настроенію, — о дѣтяхъ и говорить нечего. Липочка была, какъ говорится, на седьмомъ небѣ, а Боря даже не вспомнилъ бы про книгу, про ключъ и про предложеніе пріятеля, если бы въ концѣ обѣда отецъ вдругъ не спросилъ про нее.

— Что же моя книга, Боря, — обратился онъ къ мальчику, — неужели ты еще не прочелъ ее?

Боря въ первую минуту такъ растерялся, что не могъ ничего отвѣтить.

— Слышишь ты, о чемъ я тебя спрашиваю? — повторилъ отецъ.

— Да, папа, но... я не знаю... я еще не прочелъ ее...

Папа взглянулъ на него пристально. Боря почувствовалъ на себѣ его пронизывающій взглядъ и покраснѣлъ до ушей.

— Говори правду, ты что нибудь сдѣлалъ съ моею книгою, — продолжалъ между тѣмъ отецъ строгимъ голосомъ.

Боря окончательно растерялся; Липочкѣ было жаль брата всей душою, но она не рѣшилась открыть правду, предвидя заранѣе, что если папа узнаетъ о проказахъ Сережи, котораго онъ вообще не *любилъ* за вѣчныя шалости, то сообщить его родителямъ; родители съ него взыщутъ очень строго, высѣкутъ, посадятъ на хлѣбъ и на воду, и что это будетъ непріятно Борѣ, а потому она дала себѣ слово молчать и предоставить все на волю Божію.

— Вижу, что съ книгой что-нибудь неладно,— продолжалъ отецъ прежнимъ строгимъ тономъ,— приказываю серьезно не позже завтрашняго вечера мнѣ ее доставить; въ противномъ случаѣ, не видѣть тебѣ дѣдушку, какъ своихъ ушей,— мы уѣдемъ безъ тебя, ты же останешься на цѣлый мѣсяцъ жить въ школѣ.

Слова эти точно громомъ поразили мальчика, онъ зналъ, что папа безгранично добрый человѣкъ, но шутить не *любить*, и навѣрное способенъ привести угрозу свою въ исполненіе, поэтому готовъ былъ расплакаться; однако, сдѣлалъ надъ собою усиліе и, стараясь казаться по возможности покойнымъ, не далъ воли подступившимъ къ горлу слезамъ, до тѣхъ поръ пока не вернулся обратно въ дѣтскую; но за то, придя туда, разразился громкими рыданіями.

Липочка старалась утѣшать его, уговаривать, предлагала взять на себя трудъ сознаться во всемъ отцу, доказывая, что онъ лично тутъ нисколько не виноватъ, что все случилось по неосторожности Сережи, котораго въ концѣ-концовъ жалѣть нечего; но Боря слишкомъ *любилъ* своего маленькаго товарища, для того, чтобы его выдать, и умолялъ сестру молчать, и дѣлать видъ, что она ничего не знаетъ.

— Вѣдь папа не возьметъ тебя къ дѣдушкѣ, если не получитъ книгу.

— Я постараюсь достать ее; Сережа обѣщалъ принести; онъ говоритъ, что у него есть точно такая.

— Вѣрь ты своему Сережѣ! Вретъ онъ на каждомъ шагу, никакой книги у него нѣтъ и не принесетъ онъ тебѣ ничего рѣшительно.

Но Боря, не смотря ни на какія увѣщанія сестры, твердо стоялъ на своемъ, утверждая, что книга будетъ, а самъ между тѣмъ мысленно обдумывалъ начерченный товарищемъ планъ дѣйствій. Первый разъ въ жизни приходилось ему лгать передъ папой, и какъ вору, съ подобраннымъ ключомъ, отправляться въ чужой шкафъ за чужою собственностью: "все равно, что украсть", шепнулъ ему тайный голосъ, "скверно, гадко, отвратительно..." И онъ уже готовъ былъ послушаться совѣта Липочки, т.-е. во всемъ чистосердечно сознаться, какъ вдругъ предъ нимъ возсталъ весь ужасъ мысли лишиться поѣздки къ дѣдушкѣ и вмѣстѣ съ тѣмъ другой, точно такой же невидимый голосъ прошепталъ недавно слышанную поговорку: "грѣхъ въ орѣхъ", и такъ какъ, къ несчастію, человѣкъ всегда скорѣе поддается дурному, чѣмъ хорошему, то и съ нашимъ маленькимъ Борей случилось то же самое.

Какъ только Липочка вечеромъ ушла къ себѣ въ комнату, онъ сейчасъ же, никому не говоря ни слова, тихою стопою, крадучись, на ципочкахъ, пробрался въ кабинетъ, ощупью отыскалъ шкафъ, такъ какъ въ комнатѣ было уже совершенно темно, ощупью вложилъ ключъ въ замочную скважину, открылъ дверку и уже протянулъ руку, чтобы захватить какую-нибудь книгу, какъ вдругъ сообразилъ, что въ темнотѣ выбрать переплетъ, похожій на переплетъ той, которая испорчена, не только трудно, но окончательно невозможно.

— Возьму сразу нѣсколько,— мысленно проговорилъ онъ самъ себѣ,— въ дѣтской разсмотрю хорошенько, выберу; если что окажется подходящимъ, оставлю, остальное принесу обратно.

Съ этими словами онъ повернулъ ключъ въ замкѣ дрожащею рукою... Замокъ щелкнулъ, у него замерло сердце, подкосились ноги.

"Если папа услышитъ — бѣда!" прошепталъ онъ и, невольно озираясь въ темнотѣ направо и налѣво, съ какою-то неестественною, лихорадочною поспѣшностью захвативъ цѣлую охапку первыхъ попавшихся книгъ, бѣгомъ пустился по направленію къ дѣтской и, спрятавъ ихъ подъ кровать, снова направился къ кабинету отца, чтобы замкнуть отворенный шкафъ; но каково же было его удивленіе и ужасъ, когда оказалось, что замокъ испорченъ... Замкнуть шкафъ не было никакой возможности, вытащить обратно ключъ — тоже. Боря пришелъ въ отчаяніе; весь обливаясь слезами и потомъ отъ усиленной работы, онъ мысленно бранилъ Сережу за недобрый совѣтъ и совершенно терялъ голову.

Провозившись надъ замкомъ напрасно около часа, онъ наконецъ поплелся въ дѣтскую, рѣшившись съ разсвѣтомъ, тихонько, никому не говоря ни слова, отправиться къ Сережѣ, — родители котораго жили очень близко, — чтобы попросить его помочь бѣдѣ.

Съ этою мыслью онъ легъ въ кровать, зажмурилъ заплаканные глаза и всѣми силами старался заснуть; но сонъ словно нарочно бѣжалъ его — различныя черныя мысли лѣзли въ голову... Вплоть до утра промучился бѣдняга такимъ образомъ: наконецъ на дворѣ начало свѣтать; сильное физическое утомленіе взяло верхъ надъ нравственнымъ состояніемъ духа мальчика и онъ заснулъ крѣпкимъ сномъ, именно въ то время, когда предполагалъ, воспользовавшись тѣмъ, что всѣ въ домѣ еще спятъ, пробраться къ Сережѣ за совѣтомъ.

Отецъ его, между тѣмъ, всталъ въ этотъ день нѣсколько раньше, такъ какъ ему надо было по дѣламъ куда-то заѣхать, прежде чѣмъ отправиться на службу въ министерство.

Напившись чаю, онъ, уже совершенно одѣтый, вышелъ въ прихожую, но вдругъ вспомнилъ, что забылъ въ кабинетѣ на столѣ нужную бумагу.

— Матвѣй, подержи пожалуйста мою шляпу и палку, — обратился онъ къ старику-лакею и поспѣшно скрылся во внутреннія комнаты. Но не прошло и двухъ минутъ, какъ Матвѣй, только что присѣвшій отдохнуть въ отсутствіи барина, услыхалъ, что послѣдній громко зоветъ его; онъ слышалъ по тону, что баринъ чѣмъ-то взволнованъ или испуганъ.

— Что прикажете?— сказалъ тогда старикъ, поспѣшно войдя въ кабинетъ и съ удивленіемъ взглянулъ на изумленное лицо Виктора Александровича — такъ звали отца Бори.

Викторъ Александровичъ молча указалъ старику на отворенный книжный шкафъ; но старикъ опять-таки ничего изъ этого не понялъ и вторично переспросилъ: "что прикажете?"

— Боже мой, Матвѣй, какой ты недогадливый; неужели не можешь сообразить, что я хочу сказать тебѣ?

И Викторъ Александровичъ въ короткихъ словахъ передалъ лакею обо всемъ случившемся.

— Ума не приложу, кто бы могъ это сдѣлать!— замѣтилъ онъ въ заключеніе;— шкафъ открытъ постороннимъ ключемъ, книги перерыты, а главное, что меня огорчаетъ, нѣкоторыя изъ нихъ унесены отсюда.

Матвѣй развелъ руками, и даже перекрестился.

— Съ нами сила крестная!— проговорилъ онъ, задрожавъ всѣмъ тѣломъ.— Господи! Что такое приключилось? Двадцать лѣтъ живу у васъ въ домѣ, и никогда ничего подобнаго не запомню.

— Да, я тоже крайне пораженъ,— отозвался отецъ Бори,— остаться дома для розыска не могу; у меня сегодня масса дѣлъ въ министерствѣ и въ конторѣ, поэтому, любезный другъ, пожалуйста возьми на себя трудъ доискаться виноватаго во что бы то ни стало; первымъ же дѣломъ, прошу тебя, замкни кабинетъ, и не дѣлай огласки; нѣтъ сомнѣнія, что воръ домашній, поэтому надо постараться, чтобы онъ не успѣлъ спровадить похищенныя книги, и приступить къ изслѣдованію совершенно незамѣтно.

— Будьте покойны, сударь, я исполню ваше приказаніе насколько возможно лучше и надѣюсь, что къ вашему возвращенію все будетъ извѣстно.

Викторъ Александровичъ поблагодарилъ своего вѣрнаго слугу и вышелъ изъ дому, а Иванъ вслѣдъ за нимъ, сію же минуту, замкнулъ дверь кабинета.

— Боря проснулся съ головной болью; безсонная ночь и сильное волненіе дали себя чувствовать, онъ былъ блѣденъ и имѣлъ видъ совершенно больного, такъ что мама, увидавъ его, даже испугалась.

— Что съ тобою, — спросила она ласково, — тебѣ не здоровится?

Боря покраснѣлъ.

— Да, мамочка, что-то голова болитъ! — отозвался онъ, опустивъ глаза.

— Не простудился ли?

— Не знаю.

— Поди немного прогуляйся, это освѣжитъ тебя, погода превосходная.

— А можно будетъ на минутку забѣжать къ Стебницкимъ.

— Зачѣмъ?

— Мнѣ надо повидаться съ Сережей! — и чувствуя опять, что краска выступаетъ на щекахъ, Боря нагнулся къ полу, какъ будто для того, чтобы поднять какую-то бумажку.

— По правдѣ сказать, мнѣ очень не нравится дружба съ этимъ шалуномъ, но если тебѣ надобно повидать его — зайди; только, по крайней мѣрѣ, не оставайся долго.

Боря поцѣловалъ руку матери и, не теряя времени, сейчасъ же собрался идти къ товарищу, но затѣмъ ему мелькнула мысль, мимоходомъ забѣжать въ кабинетъ, попробовать, при дневномъ свѣтѣ, вытащить ключъ изъ замочной скважины шкафа.

Подойдя къ двери, онъ очень удивился, найдя ее запертою.

"Очевидно, папа былъ тамъ и замѣтилъ! — подумалъ Боря, — онъ никогда не замыкаетъ кабинетъ..." и совершенно пораженный, растерянный, едва передвигая ноги, направился къ квартирѣ Стебницкихъ. Сережу онъ засталъ на дворѣ, сидящимъ верхомъ на заборѣ.

— Ну, братецъ, удружилъ совѣтомъ! — сказалъ онъ, поздоровавшись.

— А что?

Боря передалъ о томъ, что сегодня утромъ нашелъ дверь кабинета закрытою и сообщилъ свои опасенія, причемъ добавилъ, что хотѣлъ было пораспросить Матвѣя, но побоялся, чтобы хуже не сдѣлать и не навлечь подозрѣнія.

— Понятно; еще бы ты сталъ разспрашивать этого стараго хрѣна, онъ хитрый — сейчасъ смекнетъ въ чемъ дѣло, и живо догадается.

— Что же теперь дѣлать?

— Надо хорошенько обдумать.

— Прежде всего научи, куда дѣвать книги, такъ какъ отнести обратно въ шкафъ невозможно.

— Въ томъ-то и штука! — отозвался Сережа, и задумался. Боря первый разъ видѣлъ его такимъ серьезнымъ; онъ обыкновенно относился ко всему совершенно равнодушно, всегда подсмѣивался надъ чужимъ несчастіемъ и думалъ только о томъ, какъ бы учинить новую шалость. Теперь же, серьезный, озабоченный видъ маленькаго шалуна еще больше его обезкуражилъ.

Минутъ пять прошло въ полнѣйшемъ молчаніи. Боря, наконецъ, нарушилъ его просьбою отвѣчать скорѣе, такъ какъ мама не позволила ему долго оставаться.

— Надо немедленно спрятать книги...— отозвался тогда Сережа.

— Но куда?

— Хочешь я къ себѣ возьму?

— Отлично; только какъ это сдѣлать?

— Очень просто: или домой, собери ихъ, перевяжи веревкой,— остальное ужъ мое дѣло.

Боря не заставилъ дважды повторить себѣ приказаніе; менѣе чѣмъ черезъ полчаса все было исполнено, согласно полученной инструкціи; оставалось только передать книги Сережѣ, который, по окончаніи завтрака, явился за ними.

— Готово?— шепнулъ онъ Борѣ, пробравшись въ дѣтскую, никѣмъ не замѣченный..

— Готово,— такъ же тихо отвѣчалъ Боря и передалъ ему связанныя веревкою книги.

Сережа взялъ ихъ, чтобы отнести домой, но, проходя длиннымъ корридоромъ, замѣтилъ идущую на встрѣчу Липочку. Въ первую минуту онъ хотѣлъ было вернуться назадъ, но потомъ разсудилъ, что она можетъ увидать его и, не долго думая, юркнулъ въ ближайшую дверь; дверь же эта, на бѣду, привела его какъ разъ въ комнату той же самой Липочки.

— Вотъ тебѣ разъ!— сказалъ онъ тогда самъ себѣ, чуть не съ отчаяніемъ,— попался! Что теперь дѣлать?

И безъ дальнихъ разсужденій, вмѣстѣ со связкою книгъ, спрятался подъ диванъ, который стоялъ въ глубинѣ комнаты, былъ совершенно защищенъ отъ свѣта, и могъ служить отличнымъ убѣжищемъ.

— Расположившись тамъ насколько возможно удобнѣе, онъ сталъ прислушиваться, не войдетъ ли въ комнату Липочка, которая, дѣйствительно, по прошествіи нѣсколькихъ минутъ показалась на порогѣ.

— Аннушка,— окликнула она сидѣвшую въ смежной комнатѣ горничную,— мнѣ показалось, что кто-то сію минуту вошелъ сюда?

— Нѣтъ, барышня, я никого не видѣла, вѣрно вамъ просто померещилось!— отозвалась Аннушка.

Сережа притаился подъ диваномъ; онъ былъ, какъ говорится, ни живъ, ни мертвъ.

Липочка, желая вполнѣ убѣдиться, что въ комнатѣ никого нѣтъ, конечно легко могла заглянуть подъ диванъ,— подумалось ему вдругъ, и при одной мысли быть пойманнымъ, онъ струсилъ не на шутку; однако по счастію, она этого не сдѣлала, а только порывшись въ комодѣ, снова вышла изъ комнаты. Сережа вздохнулъ свободнѣе. Осторожно вылѣзъ онъ изъ-подъ дивана, еще того осторожнѣе вытащилъ книги и, случайно взглянувъ на стоявшую въ противоположной сторонѣ комнаты большую, изразцовую печку, рѣшилъ, что самое лучшее — всунуть ихъ туда, "а то еще, пожалуй, идя съ ними, по дорогѣ, опять на кого-нибудь наткнешься, спросятъ, что такое, какія книги, куда несешь? А тутъ отлично... никому не придетъ въ голову открывать заслонку печки до осени..." — проговорилъ онъ самъ себѣ въ заключеніе и, самодовольно улыбнувшись при такой блестящей идеѣ, сейчасъ же открылъ печку, положилъ туда книги и даже слегка прикрылъ ихъ угольками и пепломъ; затѣмъ снова закрылъ печь, и тихонько, на цыпочкахъ вышелъ въ корридоръ.

Все, казалось, было улажено отлично, только на бѣду скрипнула дверь, когда онъ проходилъ въ нее.

— Это тамъ?— раздался тогда подъ самымъ ухомъ Сережи голосъ горничной.

Сережа вздрогнулъ, хотѣлъ было убѣжать, но сообразилъ, что можетъ этимъ испортить дѣло.

— Я,— отвѣчалъ онъ, какъ ни въ чемъ не бывало.

— Что вамъ надобно?

— Видѣть Борю.

— Развѣ вы не знаете расположенія нашихъ комнатъ; здѣсь половина барыни и барышни.

— Да... но... мнѣ показалось, что Боря шелъ сюда.

— Что за чудеса! Всѣмъ сегодня кажется! Сію минуту барышня спрашивала, не проходилъ ли кто, теперь вы...

Сережа ничего не отвѣчалъ; ему все еще было неловко, онъ боялся, чтобы его не заподозрили.

— Что же вы дожидаетесь; идите куда надобно,— продолжала горничная.

— Значитъ, Бори нѣтъ здѣсь?

— Конечно.

— Я пройду къ нему.

— Ступайте; да на будущее время не забирайтесь куда не слѣдуетъ... я навѣрное знаю, что вамъ ничего не показалось и что вы просто пожаловали сюда за какими-нибудь новыми шалостями.

— Вотъ, Аннушка, и ты, и мама моя, и всѣ постоянно говорятъ

со мною подобнымъ образомъ, точно я только и думаю объ шалостяхъ.

— А то какъ же?

— Ну, ну, не ворчи! — сказалъ Сережа и, подпрыгивая на одной ножкѣ, направился въ комнату товарища, который только что сѣлъ дѣлать французскій переводъ подъ руководствомъ гувернантки.

— Я къ тебѣ, — сказалъ онъ ему, поклонившись гувернанткѣ.

— Теперь некогда, — замѣтила послѣдняя: — Боря долженъ заниматься, приходите послѣ.

— Устроилъ ты то дѣло, о которомъ я говорилъ утромъ? — спросилъ его Боря.

— Какъ нельзя лучше.

— О дѣлахъ рѣчь поведете послѣ урока! — строго замѣтила гувернантка. — Теперь же, Сережа, попрошу васъ удалиться, а васъ, Боря, заняться переводомъ.

Мальчики весело переглянулись. Сережа поклонился еще разъ и вышелъ, а Боря, помакнувъ перо въ чернильницу, принялся дописывать страницу, думая про себя: "молодецъ, Сережа; интересно бы было только знать, какъ удалось ему протащить цѣлую связку книгъ никѣмъ не замѣченнымъ".

Урокъ, точно на бѣду, затянулся очень долго, а можетъ быть это только такъ показалось, потому что, обыкновенно, когда мы ожидаемъ чего, намъ всегда представляется, что время идетъ медленно, на самомъ же дѣлѣ этого, конечно, никогда быть не можетъ.

Но вотъ, наконецъ, висѣвшіе на стѣнѣ часы пробили три.

— Довольно! — объявила гувернантка.

Боря моментально сложилъ тетради, книги и, взявшись за шляпу, только что намѣревался, на этотъ разъ уже безъ спроса, сбѣгать къ Сережѣ, какъ вдругъ услыхалъ подъ самымъ окномъ стукъ проѣзжавшаго мимо экипажа.

Онъ зналъ, что дорога вела исключительно къ ихъ дому, слѣдовательно экипажъ, по всей вѣроятности, направлялся къ нимъ.

"Кто бы могъ быть такой?— сказалъ самъ себѣ мальчикъ,— любопытно, пойду скорѣе посмотрѣть", но прежде чѣмъ ему удалось удовлетворить свое любопытство, онъ услыхалъ голосъ Липочки.

— Боря, или скорѣе!— кричала послѣдняя издали,— Иди, иди, дядя Миша пріѣхалъ!

Дядя Миша былъ родной братъ матери Бори и Липочки; оба они его очень любили, такъ какъ онъ, съ своей стороны, просто боготворилъ ихъ. Боря со всѣхъ ногъ бросился на встрѣчу дорогому гостю.

Опросы, разспросы, взаимныя привѣтствія и поцѣлуи продолжались довольно долго; наконецъ, когда первый наплывъ всеобщаго восторга нѣсколько утихъ, дядя Миша, обратившись къ сестрѣ, началъ пояснять причину своего неожиданнаго пріѣзда; дѣло заключалось въ томъ, что онъ, возвращаясь съ семьею изъ-за границы и направляясь на цѣлый мѣсяцъ въ деревню своего отца,— т.-е. дѣдушки Липочки и Бори,— вздумалъ жену съ маленькимъ сыномъ отправить прямо, а самъ завернулъ къ нимъ, чтобы сейчасъ же подхватить ихъ всѣхъ съ собою.

— Но, другъ мой, къ сожалѣнію, мы раньше недѣли никакъ не можемъ выѣхать!— отозвалась мама нашихъ маленькихъ героевъ.— Мой мужъ связанъ службою, я различными распоряженіями по дому, у Липочки не готово платье, которое необходимо здѣсь примѣрить, такъ какъ оно отдано шить портнихѣ; что же касается Бори, то онъ, конечно, могъ бы ѣхать съ тобою, еслибъ не одно маленькое обстоятельство...

— Относительно возвращенія книги? — перебилъ дядя Миша.

— Почему ты знаешь объ этомъ?

— Потому что сію минуту заѣзжалъ къ Виктору Александровичу въ контору, и онъ мнѣ сказалъ, что объявилъ Борѣ, что если онъ книгу не доставитъ во время, то вовсе не поѣдетъ къ дѣдушкѣ.

Боря измѣнился въ лицѣ. Дядя Миша должно быть замѣтилъ это, потому что сейчасъ же поторопился добавить:

— Но я упросилъ Виктора Александровича сдѣлать для меня великое одолженіе и, въ виду того, что книга легко могла куда-нибудь завалиться, что она навѣрное найдется — переложить гнѣвъ на милость, не терять времени въ напрасныхъ поискахъ и сегодня же пустить Борю со мною къ дѣдушкѣ во всякомъ случаѣ.

— Тогда я не имѣю ничего противъ, чтобы онъ ѣхалъ, — согласилась мама.

Боря просіялъ отъ радости.

— А какъ же Липочка? — спросилъ онъ.

— Липочка пріѣдетъ черезъ недѣлю, вмѣстѣ съ папой и со мною, — отвѣчала мама.

Дядя Миша очень былъ радъ за своего маленькаго племянника; онъ просилъ поторопиться сборами, такъ какъ экипажъ ожидалъ и былъ нанятъ съ тѣмъ, чтобы доставить прямо въ деревню. Мама наскоро уложила Борѣ самое необходимое, обѣщая привезти остальное послѣ; Боря весело поцѣловалъ ее, Липочку и, сѣвъ въ коляску, пустился въ путь-дорогу.

Пріятное путешествіе за городомъ, по гладко-наѣзженному

84

шоссе, которое, словно широкая лента, змѣйкою извивалось посреди зеленыхъ луговъ и полей, мѣстами поросшихъ густыми кустарниками, приводило мальчика въ восторгъ; онъ безпрестанно дѣлился впечатлѣніями съ дядей, разспрашивалъ обо всемъ, съ наслажденіемъ слушалъ интересныя объясненія его относительно различной растительности въ природѣ, жизни птицъ и животныхъ.

Дядя умѣлъ говорить обо всемъ этомъ очень краснорѣчиво; мальчуганъ слушалъ его съ увлеченіемъ, и совершенно не замѣтилъ, какъ время неслось впередъ, и какъ быстро мчавшійся экипажъ наконецъ остановился около подъѣзда небольшого деревенскаго домика дѣдушки.

Завидѣвъ издали дорогихъ гостей, дѣдушка вышелъ на крыльцо; снова начались радостные объятія, поцѣлуи. Боря былъ безгранично счастливъ видѣть дѣдушку, а еще того больше маленькаго двоюроднаго брата Николеньку.

Николенька, или какъ его величали въ семьѣ, просто Ника, былъ двумя годами старше Бори, но это нисколько не мѣшало мальчуганамъ очень сойтиться во взглядахъ и понятіяхъ; они оставались неразлучны: вмѣстѣ гуляли, играли, помѣщались въ одной комнатѣ...

Боря совершенно успокоился отъ своихъ недавнихъ волненій и старался не думать о запачканной чернилами книгѣ и испорченномъ замкѣ.

"Авось какъ-нибудь обойдется, утѣшалъ онъ себя, когда на умъ приходили мрачныя мысли". Но какъ обойдется, что обойдется — въ это не вдумывался.

Дома между тѣмъ шла страшная кутерьма и суматоха.

Вернувшись со службы, Викторъ Александровичъ первымъ дѣломъ приказалъ Матвѣю отомкнуть кабинетъ и спросилъ его, исполнилъ ли онъ порученіе розыскать виноватаго.

85

— Какъ же, сударь,— отвѣчалъ старикъ,— только что вы изволили уѣхать, я сейчасъ сталъ по всему дому шарить.

— И что же?

— Рѣшительно ничего не могъ найти.

— Странно.

— Просто непостижимо.

— Но вѣдь нельзя же оставить это дѣло безъ вниманія.

— Ни за что не Оставлю, батюшка; дознаюсь во что бы то ни стало! Вы только не извольте безпокоиться, дайте срокъ, не горячитесь... Я начинаю подозрѣвать одного человѣчка.

— Кого же именно?

— Сосѣдскаго сына, Сережу!— шопотомъ подсказалъ старикъ.

— Сережа, правда очень дурной мальчикъ, онъ мнѣ никогда не нравился, и я бывалъ крайне недоволенъ, когда онъ приходилъ къ Бори, но въ этомъ дѣлѣ подозрѣвать его, мнѣ кажется, неосновательно. Подумай самъ, на что ему могли понадобиться серьезныя книги, когда онъ простой азбуки въ рукахъ держать не хочеть; къ тому же воровство очевидно было совершено ночью.

— Да вѣдь я ничего еще не утверждаю вѣрно, это только мое предположеніе, легко могу ошибиться! Во всякомъ случаѣ будьте увѣрены, рано ли, поздно ли, а истины доищусь непремѣнно.

Викторъ Александровичъ сидѣлъ недовольный. Онъ берегъ свою библіотеку; пропажа нѣсколькихъ дорогихъ и нужныхъ книгъ была ему очень непріятна, онъ безпрестанно посылалъ за Матвѣемъ и задавалъ вопросъ, нѣтъ ли чего новаго.

Такимъ образомъ прошло два дня; Матвѣй безъ устали шарилъ

по всѣмъ закоулкамъ; наконецъ, къ вечеру третьяго дня, книги вдругъ нашлись совершенно случайно.

Ежемѣсячно приходившій трубочистъ вздумалъ зачѣмъ-то открыть печную заслонку въ комнатѣ Липочки и, увидавъ тамъ нѣсколько связанныхъ вмѣстѣ книгъ, очень удивился.

— Эй, дяденька Матвѣй,— обратился онъ къ шедшему въ этотъ моментъ мимо лакею, что это книги-то у васъ по печкамъ валяются?

Матвѣя такъ и передернуло.

— Какія книги? — спросилъ онъ.

— Да вотъ, посмотри! — и вынувъ покрытыя пепломъ и. угольями книги, онъ подалъ ихъ старику.

— Господи помилуй! Чудеса какія, гдѣ, въ которой печкѣ ты нашелъ ихъ?

— Въ комнатѣ барышни.

— Быть не можетъ...

— Честное слово.

Матвѣй какъ-то странно покачалъ головой и, сдувая съ книгъ пыль, пошелъ прямо въ кабинетъ барина

— Викторъ Александровичъ, книги-то вѣдь отыскались,— сказалъ онъ нерѣшительно, остановившись у порога.

— Неужели?!.. Гдѣ же онѣ были? — радостно отозвался Викторъ Александровичъ.

— На что вамъ знать, батюшка-баринъ,— нашлись, и слава Богу; позвольте я вотъ тутъ на стулѣ развяжу ихъ, да тряпочкою пыль сотру; больно загрязнились...

— Нѣтъ, старикъ, ты долженъ непремѣнно сказать мнѣ, гдѣ онѣ были; я хочу знать...

— Не надо, баринъ, знать, не для чего.

— Какъ не для чего? Что за отвѣтъ, я требую чтобы ты сказалъ правду... Я тебѣ приказываю это, слышишь?

Старикъ продолжалъ отнѣкиваться... Онъ не могъ себѣ представить, чтобы Липочка, этотъ ангелъ доброты, которую всѣ въ домѣ боготворили, была способна на такой гнусный поступокъ, а между тѣмъ зналъ, что кромѣ ее самой къ ней въ комнату никогда никто не заходитъ, конечно исключая горничной Аннушки; но Аннушка читать не умѣла, слѣдовательно для нее книги не могли быть нужны.

Викторъ Александровичъ продолжалъ допытываться, и наконецъ, выведенный изъ терпѣнія, серьезно разсердился.

— Извольте, — сказалъ тогда Матвѣй, сдѣлавъ надъ собою усиліе, — скажу, если вы непремѣнно требуете, но предупреждаю, что услышать это вамъ будетъ непріятно.

— Все равно, старина, говори.

— Книги были...

Матвѣй запнулся.

— Ну что же дальше? Книги были.... — подсказалъ Викторъ Александровичъ.

— Были...

— Да гдѣ же наконецъ онѣ были, говори скорѣе, я положительно теряю съ тобой терпѣніе.

— У барышни въ комнатѣ... зарыты въ золѣ... въ печкѣ... — проговорилъ старикъ какъ-то безсвязно.

— У барышни въ комнатѣ? — повторилъ Викторъ

Александровичъ, и даже въ лицѣ измѣнился, — быть не можетъ, ты что-нибудь напуталъ.

— Извольте спросить трубочиста.

— Какого трубочиста? при чемъ тутъ трубочистъ? Ты кажется бредишь!..

Матвѣй вмѣсто отвѣта кликнулъ трубочиста, который подтвердилъ его слова, и разсказалъ подробно, какимъ образомъ, открывъ мѣдную заслонку, самъ былъ крайне пораженъ увидѣть тамъ зарытыя въ золу книги.

— Хорошо! — отозвался Викторъ Александровичъ, — ступай съ Богомъ; а ты, Матвѣй, попроси ко мнѣ барыню и барышню.

Матвѣй и трубочистъ удалились, а на ихъ мѣсто, по прошествіи нѣсколькихъ минутъ, пришла Липочка и ея мама.

— Что тебѣ надобно, другъ мой? — обратилась послѣдняя къ мужу. — Боже, какъ ты блѣденъ! что случилось? Говори скорѣе, ужъ нѣтъ ли какихъ нехорошихъ вѣстей объ Борѣ.

— Нѣтъ, тутъ дѣло не въ Борѣ, извѣстій объ немъ никакихъ не имѣется... А вотъ взгляни-ка ты Липочка на эти книги; не знакомы ли онѣ тебѣ? При словѣ "книга" Липочкѣ невольно вспомнилась залитая чернилами нѣсколько дней тому назадъ книга, которую отецъ такъ настоятельно требовалъ отъ Бори, — она, сама не зная почему, вдругъ покраснѣла, сконфузилась и, опустивъ глаза, даже не взглянула на лежавшую на стулѣ связку, такъ какъ положительно не поняла сдѣланный отцомъ вопросъ.

— Значитъ это правда... значитъ я не ошибся!.. — продолжалъ между тѣмъ послѣдній, — вижу по твоему смущенному виду, Липочка, что правда... но скажи, зачѣмъ понадобились тебѣ эти книги и, главное, къ чему ты вздумала подбирать ключъ, и тихонько отъ меня, ночью, вытаскивать ихъ.

Липочка взглянула на отца съ удивленіемъ, она ничего не могла сообразить, но чувствовала, что мысли ея путаются… не знала, что сказать въ свое оправданіе, боялась выдать Сережу, боялась причинить неудовольствіе Борѣ, и въ то же самое время сознавала, что ее глубоко обижаютъ напраснымъ подозрѣніемъ.

— Липочка, что же ты молчишь? — вмѣшалась въ разговоръ мама, встревоженная не меньше дѣвочки. — Неужели не имѣешь рѣшительно ничего сказать въ оправданіе… Липочка, милая, вѣдь это ужасно!

Липочка продолжала молчать; крупныя слезы текли по ея щекамъ; отецъ и мать переглянулись между собою, Липочка замѣтила этотъ взглядъ… Она прочла въ немъ столько горя, столько истиннаго страданія, что готова была сейчасъ же открыть всю правду, но при этомъ ей вдругъ пришла нелѣпая мысль, что они не повѣрятъ, а къ тому еще стало страшно за Сережу, родители котораго, по словамъ Бори, способны были засѣчь его чуть ли не до полу-смерти.

— Нѣтъ, я ничего не хочу, и не могу сказать въ свое оправданіе! — крикнула она болѣзненно и, закрывъ лицо руками, съ истерическимъ воплемъ выбѣжала изъ комнаты.

Напрасно мама старалась допытаться отъ нея правды, напрасно упрашивала — Липочка твердо стояла на своемъ: "что никогда ничего не скажетъ въ свое оправданіе".

— Въ такомъ случаѣ ты не поѣдешь къ дѣдушкѣ, — сказалъ наконецъ отецъ.

Липочка и на это ничего не возразила; она рѣшила молчать до тѣхъ поръ, пока истина разоблачится сама собою, надѣясь въ душѣ, что папа, относительно ее, также, какъ относительно Бори, переложитъ гнѣвъ на милость; но на самомъ дѣлѣ вышло иначе.

Викторъ Александровичъ оставался непреклоненъ. Въ

назначенный день отъѣзда Липочка замѣтила, что мама ея вещей не собираетъ.

"Дѣло серьезное!" мысленно проговорила тогда дѣвочка и, удалившись къ себѣ въ комнату, расплакалась.

Мама и папа между тѣмъ, даже не простившись съ нею, уѣхали къ дѣдушкѣ.

Боря зналъ заранѣе, когда они должны пріѣхать и ожидалъ съ большимъ нетерпѣніемъ; они съ Никой даже приготовили для Липочки торжественную встрѣчу, нарядившись офицерами, т.-е. прицѣпивъ къ плечамъ собственноручно изготовленные изъ золотой бумаги эполеты и вооружившись игрушечными саблями. Какъ только экипажъ показался *на дорогѣ, оба мальчика выбѣжали на-встрѣчу и, расположившись около воротъ съ обнаженными саблями, взяли на караулъ... но каково же ихъ удивленіе, когда въ коляскѣ Липочки не оказалось.

"Вѣрно захворала", подумалъ Боря и, печально опустивъ головку, поплелся за экипажемъ.

— Мамочка, что съ Липочкой?— спросилъ онъ, поздоровавшись съ матерью,— она больна?..

— Нѣтъ, дружокъ, Липочка совершенно здорова.

— Отчего же она не пріѣхала?

Мама подробно передала исторію съ книгами.

— Поступокъ ея въ высшей степени огорчилъ насъ,— добавила она въ заключеніе — я готова извинить всякую шалость, всякую вину, случившуюся по неосторожности, по неопытности ребенка, но ложь, обманъ и даже воровство — потому что подобрать ключъ, и тихонько ночью вытащить чужія книги — все равно что украсть ихъ — выше всякой гадости... Дѣдушка, жена дяди Миши и даже самъ дядя Миша, всегда готовый заступиться за маленькихъ племянниковъ, на этотъ разъ, при всемъ желаніи, не могъ ни однимъ словомъ помочь Липочкѣ;

Ника тоже молча опустилъ голову... Боря стоялъ какъ громомъ пораженный.

Онъ чувствовалъ всю тяжесть угрызенія совѣсти, ясно понимая, какъ должна была грустить теперь бѣдная Липочка, страдавшая по его винѣ и оставленная въ наказаніе дома, одна... но въ то же самое время не имѣлъ духу сознаться передъ всѣми, что онъ, и только онъ одинъ виноватъ и въ кражѣ, и въ дурномъ поступкѣ.

Ника, случайно взглянувъ на своего маленькаго кузена, прочелъ на его личикѣ выраженіе глубокой горести.

— Боря, пойдемъ въ-садъ,— сказалъ онъ ему голосомъ, полнымъ самаго теплаго участія и сочувствія.

Боря машинально послѣдовалъ за нимъ; минутъ пять пріятели шли молча; Боря страдалъ невыносимо... Ника видѣлъ это, и наконецъ первый рѣшился заговорить, надѣясь какъ-нибудь разсѣять мальчика.

— Ну что же дѣлать, Боря,— сказалъ онъ, обнявъ его,— вѣрю, что тебѣ тяжело вспомнить о дурномъ поступкѣ Липочки, но зачѣмъ же такъ убиваться... Посмотри, вѣдь на тебѣ лица нѣтъ... развѣ такъ можно? Еще, пожалуй, заболѣешь, что тогда! Новое горе причинишь родителямъ.

— Ахъ, я бы считалъ себя совершенно счастливымъ, если бы могъ не только заболѣть, но умереть, и какъ можно скорѣе!— отозвался Боря.

— Этого еще недоставало! А каково отцу-то съ матерью будетъ? Ты теперь у нихъ единственная отрада... Липочку любить по-прежнему невозможно... Значитъ всѣ ихъ нѣжныя чувства, вся привязанность должны сосредоточиться на тебѣ.

— Ника, ради Бога, не говори такъ!— вскричалъ Боря, закрывъ лицо руками.— Ты знаешь ли, вѣдь Липочка ни въ чемъ не виновата, она пострадала напрасно.

— Какъ это? Я не понимаю тебя.

— Да, ни въ чемъ, положительно ни въ чемъ!..— продолжалъ Боря, обливаясь слезами.

— Если ты говоришь, что она ни въ чемъ не виновата, тогда кто же виноватъ?

— Кто виноватъ?

— Да.

— Я, и только одинъ я.

— Ты?— съ изумленіемъ переспросилъ Ника;— какимъ же образомъ?

Боря подробно передалъ ему все сначала; Ника слушалъ внимательно.

— Мнѣ кажется, ты напрасно обвиняешь себя, другъ мой,— сказалъ онъ въ отвѣтъ, когда Боря наконецъ замолчалъ,— всему виною тутъ одинъ Сережа.

— Сережа виноватъ въ томъ, что по неосторожности залилъ книгу чернилами, а все остальное вѣдь продѣлывалъ я.

— По его совѣту?

Боря утвердительно кивнулъ головою.

— Вотъ видишь ли: если бы не онъ, тебѣ бы въ голову не пришло ничего подобнаго.

— Но вѣдь отъ меня зависѣло послѣдовать его совѣту или нѣтъ.

— Вѣрно, я не оправдываю тебя окончательно, а говорю только, что ты совсѣмъ не такъ виноватъ, какъ думаешь, и тебѣ обязательно надо сейчасъ же сознаться отцу и матери.

— Тогда родители Сережи узнаютъ истину.

— Конечно; такъ и надобно.

— Они накажутъ его.

— Онъ долженъ быть наказанъ; неужели тебѣ легче знать, что ни въ чемъ невиновная Липочка страдаетъ за него?

— Да, это правда, — согласился Боря; — но вотъ чего никакъ не могу понять, какимъ образомъ книги очутились въ ея комнатѣ.

— Очень просто; вѣроятно онъ же ихъ туда засунулъ. Однако, намъ нечего терять времени въ напрасныхъ разговорахъ, пойдемъ сію минуту въ комнаты и разскажемъ обо всемъ нашимъ родителямъ и дѣдушкѣ; когда они узнаютъ правду, то хотя немного успокоятся.

— Ты думаешь?

— Даже убѣжденъ.

— Но вѣдь оправдывая Липочку, я долженъ обвинить себя, а они одинаково любятъ насъ обоихъ.

— Для нихъ все же легче будетъ знать, что если ты и сдѣлалъ дурной поступокъ, то, во-первыхъ, не по собственному убѣжденію, а во-вторыхъ, желая выгородить товарища.

Представленные Никой доводы были такъ основательны и справедливы, что возражать противъ нихъ оказалось невозможно. Боря согласился, но не иначе, какъ чтобы Ника взялъ на себя трудъ все это сообщить отцу въ присутствіи остальныхъ родныхъ.

— Съ большимъ удовольствіемъ, — отозвался Ника и, не откладывая дѣла, сію же минуту направился въ комнаты.

— Дядя Витя, — обратился онъ къ Виктору Александровичу, — позвольте мнѣ сказать вамъ нѣсколько словъ по поводу одного очень важнаго дѣла.

— Пожалуйста, дружокъ, я готовъ охотно тебя выслушать; говори, въ чемъ заключается твое дѣло?

Ника передалъ подробно то, что услышалъ сію минуту отъ Бори; всѣ присутствующіе крайне изумились.

— Какимъ же образомъ книги очутились въ комнатѣ Липочки?— спросилъ Викторъ Александровичъ.

— Это для насъ загадка; я полагаю, что Сережа ихъ самъ туда засунулъ.

— Весьма можетъ быть, хотя впрочемъ онъ никогда не ходилъ на ту половину дома; во всякомъ случаѣ дѣло надо разузнать немедленно, и если бѣдная Липочка пострадала безвинно, то слѣдуетъ поторопиться освободить ее. Позови сюда Борю.

Ника побѣжалъ обратно въ садъ, откуда почти сейчасъ же вернулся вмѣстѣ съ Борей. Боря, захлебываясь отъ слезъ, подтвердилъ слова двоюроднаго брата, сказавъ въ заключеніе, что, испугавшись угрозы отца не взять его къ дѣдушкѣ и оставить на цѣлый мѣсяцъ въ школѣ, онъ не рѣшился сознаться, что книга залита чернилами.

— Мы сейчасъ же поѣдемъ въ городъ, чтобы все обстоятельно разузнать и привезти сюда Липочку,— обратился дядя Миша къ отцу маленькаго Бори.

— А какъ же Сережа, что будетъ съ нимъ?— вскричалъ Боря.— Если его родители узнаютъ, то накажутъ бѣднягу очень сильно; ради Бога, дорогой папочка, вступись за него.

— Хорошо, дружокъ мой, я постараюсь на этотъ разъ устроить дѣло такъ, что они даже не узнаютъ о его дурномъ поступкѣ, но не иначе, какъ если онъ дастъ мнѣ честное слово, что больше никогда ничего подобнаго не повторится.

Боря, въ знакъ благодарности за состраданіе къ товарищу, крѣпко поцѣловалъ руку отца; затѣмъ къ крыльцу была подана коляска и Викторъ Александровичъ, сѣвъ въ нее рядомъ съ дядей Мишей, быстро покатилъ въ городъ для окончательнаго разслѣдованія дѣла.

Увидѣвъ ихъ, Липочка очень обрадовалась и вмѣстѣ съ тѣмъ, конечно изумилась.

— Мы за тобою, моя голубка!— ласково обратился къ ней дядя Миша.

— Папа простилъ меня?— спросила она кротко.

— Еще бы не простить, милая, дорогая Липочка!— сказалъ Викторъ Александровичъ, нѣжно поцѣловавъ ее. Не простить тогда, когда ты оказываешься ни въ чемъ не виновата,— вѣдь я знаю все, все. Ты поступила въ высшей степени великодушно, взявъ чужую вину на себя. Но вотъ чего никто изъ насъ постичь не можетъ: какимъ образомъ книги очутились въ твоей комнатѣ?

— Я сама этого никакъ не могу уяснить себѣ, сколько ни ломала голову.

— А я такъ сейчасъ разъясню,— послышался въ эту минуту голосъ горничной Аннушки,— Сережа по всѣмъ вѣроятіямъ самъ положилъ ихъ въ печку.

— Что ты, Аннушка?— возразила Липочка,— Сережа никогда не входитъ въ мою комнату.

— Въ тотъ самый день, когда случилась у насъ пропажа и ключъ отъ книжнаго шкафа оказался сломаннымъ, я собственными глазами видѣла Сережу около вашей двери, барышня,— сказала горничная;— спрашиваю, что, молъ, вамъ тутъ надобно; онъ какъ будто сконфузился и сказалъ на это, что нашего Бореньку ищетъ. Мнѣ тогда же все показалось очень страннымъ...

— Постой, постой, Аннушка, я тоже начинаю припоминать, не тогда ли это было, когда я сказала тебѣ, что кто-то юркнулъ въ

96

мою комнату, а ты еще отвѣтила, что мнѣ просто померещилось?

— Вотъ именно, хорошо что вспомнили, я было это обстоятельство забыла.

— Отлично,— замѣтилъ тогда Викторъ Александровичъ,— дѣло идетъ какъ по маслу, теперь остается допросить Сережу.

— Ну ужъ, баринъ, отъ него едва ли чего добьешься,— снова вмѣшалась Аннушка,— не таковскій онъ, чтобы сознался.

— Все равно, попробовать надо.

Въ эту минуту около двери послышались чьи-то шаги и вслѣдъ затѣмъ раздался дѣтскій голосъ.

— Викторъ Александровичъ, можно войти?

— Можно, кто тамъ?

Дверь отворилась — на порогѣ стоялъ Сережа. Онъ былъ блѣденъ, глаза его казались красными и отекшими; глядя на него, Липочка и Викторъ Александровичъ даже испугались.

— Что съ тобой?— спросили они мальчика въ одинъ голосъ.

Сережа, вмѣсто отвѣта, обливаясь слезами, бросился къ ногамъ Липочки.

— Липочка, простите меня, я предъ вами очень, очень виноватъ,— бормоталъ онъ, валяясь по полу; я подсунулъ вамъ въ печь книги, не разсудивъ, какое изъ этого можетъ выйти ужасное послѣдствіе... Вчера только случайно узналъ, что вы за меня пострадали цѣлую ночь, не могъ спать отъ слезъ и волненія, и все выжидалъ случая придти къ вамъ, сознаться вашимъ родителямъ... простите меня... простите, ради Бога.

— Встаньте, Сережа,— отвѣчала Липочка, тоже со слезами и стараясь поднять Сережу,— я не сержусь на васъ и вполнѣ увѣрена, что съ умысломъ вы ничего подобнаго относительно меня не сдѣлали бы.

Глядя на эту умилительную сцену, Викторъ Александровичъ и дядя Миша были тронуты до глубины души. Викторъ Александровичъ очень радъ былъ видѣть въ такомъ испорченномъ мальчикѣ, какимъ всѣ считали Сережу, непритворное раскаяніе.

— Скажи мнѣ, пожалуйста, твои папа и мама знаютъ обо всемъ случившемся?— спросилъ его дядя Миша.

— Нѣтъ еще, но, конечно, узнаютъ и тогда я получу жестокое наказаніе, которое, впрочемъ, вполнѣ заслуживаю; папа очень суровъ со мной, онъ еще недавно говорилъ, что мои шалости выводятъ его изъ терпѣнья, и что послѣ первой жалобы сосѣдей, которымъ я надоѣдаю всѣмъ безъ исключенія, онъ непремѣнно высѣчетъ меня, на цѣлую недѣлю запретъ въ темную комнату и кромѣ чернаго хлѣба съ водой не велитъ ничего давать кушать.

— Почему ты думаешь, что твой отецъ непремѣнно узнаетъ объ этой книгѣ?— возразилъ Викторъ Александровичъ.

— Не можете же вы не сказать ему!

— А если я тебѣ дамъ честное слово молчать, съ тѣмъ, что ты въ свою очередь обѣщаешься мнѣ исправиться?

Сережа снова горько заплакалъ и бросился на шею Виктору Александровичу, который сейчасъ же отправился къ его родителямъ и попросилъ ихъ отпустить съ ними мальчугана на нѣсколько дней погостить въ деревню къ дѣдушкѣ Липочки и Бори.

— Съ большимъ удовольствіемъ,— отозвался отецъ Сережи,— но развѣ вы не знаете моего сына? Кромѣ безпокойства и неудовольствія, онъ, къ несчастію, ничего неспособенъ причинить своимъ присутствіемъ.

— Да, это было прежде, но теперь онъ навѣрное измѣнится къ лучшему.

— Почему вы такъ думаете?

— Такъ мнѣ кажется.

— Ошибаетесь, добрѣйшій Викторъ Александровичъ.

Но Викторъ Александровичъ такъ убѣдительно просилъ Отебницкаго отпустить съ нимъ сына и съ такимъ жаромъ старался увѣрить, что мальчикъ непремѣнно возьмется за умъ, что онъ въ концѣ-концовъ согласился.

Боря несказанно обрадовался пріѣзду Липочки и неожиданному появленію Сережи, въ особенности, когда узналъ, что послѣднему не угрожаетъ даже наказаніе. Что же касается Сережи, то онъ дѣйствительно взялся за умъ, пересталъ шалить и изъ бывшаго, никѣмъ не любимаго за вѣчныя проказы, шалуна сдѣлался послушнымъ, прекраснымъ мальчикомъ. Родители не знали, чему приписать такую перемѣну, радовались въ душѣ и благодарили Бога, а Сережа, согласно данному Виктору Александровичу обѣщанію, не только никогда не дѣлалъ никакихъ глупостей, а еще и другихъ останавливалъ при каждомъ удобномъ случаѣ.

ЧУЖАЯ ТАЙНА

Адя и Тонечка только что пріѣхали на дачу со своею бабушкой, матерью отца, который нѣсколько дней тому назадъ отправился за границу встрѣчать ихъ милую, дорогую маму. Мама была долго больна, доктора послали ее за границу лѣчиться, и вотъ теперь, когда она, послѣ почти полугодового пребыванія въ чужой, незнакомой странѣ, въ концѣ-концовъ почувствовала себя лучше, то сейчасъ же написала мужу, что желаетъ вернуться на родину, потому что очень соскучилась по семьѣ.

Николай Степановичъ, — такъ звали отца Ади и Тони, — конечно, немедленно собрался въ путь, поручивъ дѣтей матери.

— Будьте умники, слушайтесь бабушку во всемъ, не шалите, — были его послѣднія слова передъ отъѣздомъ, — я за это привезу вамъ маму.

Дѣти обѣщали исполнить его приказаніе въ точности и дѣйствительно добросовѣстно держали данное слово. Бабушка оставалась ими крайне довольна, они почти неотлучно находились при ней, вмѣстѣ гуляли, катались, однимъ словомъ — проводили время превосходно, ожидая съ нетерпѣніемъ возвращенія родителей.

Въ одинъ прекрасный день бабушкѣ по какому-то дѣлу понадобилось отлучиться въ городъ; дѣти остались подъ присмотромъ молоденькой няни Дуняши. День, словно на бѣду, выдался холодный и дождливый, гулять было нельзя, приходилось сидѣть въ комнатѣ. Дѣти этимъ, конечно, были недовольны, но еще того недовольнѣе была Дуня, такъ какъ ни игрушки, ни книжки съ картинками, которыя занимали ихъ, не могли занять ее. Усадивъ дѣтей къ окну за шахматнымъ столомъ, она воспользовалась первой свободной минутой и, подъ предлогомъ пойти напиться воды, юркнула на такъ называемый черный дворикъ, гдѣ обыкновенно въ досужіе часы собиралась прислуга изъ всѣхъ сосѣднихъ дачъ. Встрѣтившись тамъ съ знакомой горничной, она увлеклась разговорами настолько, что положительно позабыла и думіять о своихъ маленькихъ питомицахъ, которымъ игра въ шахматы наскучила очень скоро.

— Какая досада, что нельзя идти гулять,— замѣтилъ Адя, зѣвнувъ во всю величину своего хорошенькаго ротика.

— Ужъ не говори,— отозвалась Тонечка,— досада, ужасная досада. Что бы такое придумать, чтобы хотя немножко развлечься?

— И Дуняша-то, противная, куда-то провалилась!

— Я пойду, позову ее, пусть она намъ сказочку какую разскажетъ.

Съ этими словами дѣвочка уже собиралась встать съ мѣста и отправиться за няней, какъ вдругъ братишка удержалъ ее.

— Постой, погоди,— сказалъ онъ, пристально вглядываясь въ окно,— кажется, ѣдетъ возъ съ мебелью и вещами, вѣрно на дачу, которая напротивъ насъ; давай лучше смотрѣть, какъ они будутъ разбираться, это очень интересно.

— И то правда, тѣмъ болѣе, что Дуняша совсѣмъ не умѣетъ разсказывать сказки.

Возъ, между тѣмъ, нагруженный отчасти мебелью, отчасти прочей домашней утварью, дѣйствительно остановился около расположенной напротивъ дачи. Дворникъ, съ помощью пріѣхавшаго съ вещами стараго лакея, торопливо вносилъ все въ комнату, такъ какъ дождь и вѣтеръ съ каждой минутой усиливались; скоро на возу ничего не осталось, кромѣ довольно большаго бѣлаго деревяннаго ящика.

Ловко захватившись за оба противоположные конца, дворникъ

и лакей уже готовились нести и его, какъ вдругъ дно отскочило, и изъ ящика попадало на грязную, скользкую дорогу множество книгъ всевозможнаго вида и формата; чѣмъ больше старался старый лакей предотвратить бѣду, тѣмъ, напротивъ, выходило хуже, книги сыпались массами, сильный порывистый вѣтеръ уносилъ листки въ разныя стороны, такъ какъ большинство книгъ были безъ переплета; на лицѣ несчастнаго старика выражались ужасъ и отчаяніе.

— Бѣдняга, ему должно быть очень жаль этихъ книгъ,— замѣтила Тонечка.

— Да, онъ видимо страдаетъ за нихъ и все-таки ничего не можетъ подѣлать. Знаешь что, Тоня? пойдемъ поможемъ ему!

Тоня быстро соскочила со стула и, не долго думая, бросилась вмѣстѣ со своимъ маленькимъ братомъ на помощь старику; въ-торопяхъ оба они позабыли надѣть галоши и не захватили ни шляпъ, ни пальто.

— Позвольте помочь вамъ,— обратился Адя къ лакею,— мы видѣли изъ окна, какая бѣда приключилась съ вашимъ ящикомъ.

— Спасибо, милыя дѣтки, Господь да вознаградитъ васъ за это,— отвѣчалъ старичекъ и, предоставивъ вывалившіяся изъ ящика книги на попеченіе дѣтей, поспѣшно отправился въ комнаты.

— Пожалуйста, господа, наблюдайте, чтобы кто не утащилъ какую книжку,— крикнулъ онъ изъ окна,— я только поставлю сломанный ящикъ съ остальными книгами подъ крышу и сейчасъ вернусь обратно.

Ада и Тонечка хлопотали очень усердно; не жалѣя ни силъ, ни обуви, они бѣгали во всѣ стороны, ловили разлетавшіеся листки, складывали въ одно мѣсто и даже по возможности старались подбирать страницы.

Старикъ-лакей явился дѣйствительно очень скоро, и началъ вторично осыпать дѣтей благодарностями и добрыми пожеланіями.

— Это ваши книги? — спросилъ его Адя.

— Нѣтъ, милый баринъ; еслибы онѣ были мои, то я бы такъ не сокрушался.

— А чьи же?

— Моего господина, онъ очень дорожитъ ими, это все учебныя книги, для него крайне необходимыя; когда мы укладывали вещи, онъ нѣсколько разъ просилъ меня беречь ихъ, говоря: "пусть лучше все остальное пропадетъ, только бы книги были цѣлы", а тутъ вотъ какое несчастье приключилось!

Говоря это, старикъ чуть не плакалъ.

— Ничего, не безпокойтесь, мы соберемъ ихъ, — утѣшала его Тоня; — а кто вашъ господинъ?

— Онъ докторъ.

— Вы будете здѣсь жить, напротивъ?

— Да, только, вѣроятно, недолго.

— Ну да, конечно, до конца лѣта?

— Едва ли.

— Почему же?

— Мой господинъ не любитъ нигдѣ оставаться долго.

— Куда же вы потомъ поѣдете?

— Не знаю, куда вздумается.

— Есть у вашего господина дѣти?

— Нѣтъ, онъ совершенно одинокъ.

Разговаривая такимъ образомъ, старичекъ-лакей, съ помощью нашихъ маленькихъ знакомыхъ, довольно скоро успѣлъ привести въ порядокъ растрепанныя книги, оставалось собрать только еще нѣсколько, какъ вдругъ они услышали стукъ колесъ подъѣзжавшихъ къ дому извозчичьихъ дрожекъ.

— А вотъ и баринъ... — сказалъ Игнатій, — экая право досада, что не успѣли до него справиться.

Дѣти взглянули на вновь прибывшаго господина; онъ былъ еще далеко не старъ; его блѣдное, задумчивое лицо выражало какую-то непонятную тоску; глядя на него, казалось не трудно было догадаться, что человѣкъ этотъ на своемъ вѣку успѣлъ уже много, много выстрадать, но добрые ласковые глаза его, несмотря на это, все-таки глядѣли на свѣтъ Божій такъ привѣтливо, что Адя и Тонечка съ перваго же раза почувствовали къ нему симпатію и довѣріе.

— Что случилось? — спросилъ онъ своего лакея.

— Бѣда, Левъ Львовичъ! Ящикъ, въ которомъ были ваши учебныя книги, сломался; книги попадали на дорогу, и еслибы не эти двое милыхъ малютокъ, то вѣтеръ разбросалъ бы все въ разныя стороны.

Докторъ съ благодарностью протянулъ руки Ади и Тонечкѣ и затѣмъ, случайно взглянувъ на послѣднюю, вдругъ поблѣднѣлъ и отшатнулся.

— Боже мой, — проговорилъ онъ, задрожавъ какъ въ лихорадкѣ, — какое поразительное сходство! Какъ зовутъ тебя, душенька?

— Тоня... — отозвалась послѣдняя.

— Странное совпаденіе! — продолжалъ докторъ и, выпустивъ руки дѣтей, неподвижно стоялъ на одномъ и томъ же мѣстѣ." Дождь лилъ на него безпощадно, вѣтеръ приподнималъ полы легкаго пальто, но онъ ничего не замѣчалъ и, вѣроятно, простоялъ бы подобнымъ образомъ очень долго, еслибы его не вывелъ изъ задумчивости старикъ-лакей.

— Баринъ, полноте, что съ вами?— съ участіемъ проговорилъ послѣдній.

Докторъ провелъ рукою по лбу, словно стараясь отогнать отъ себя мрачную думу и, снова взглянувъ на маленькую дѣвочку, добавилъ какъ-то несвязно:

— Славное, хорошее у тебя имя... я очень люблю его... Ну, а тебя, дружокъ, какъ зовутъ?— обратился онъ къ Ади.

— Меня зовутъ Адя,— бойко отвѣчалъ мальчуганъ.

— Спасибо вамъ обоимъ, что помогли старику моему, а то бѣда бы была съ книгами.

— Они и то, кажется, порядочно пострадали,— замѣтила Тонечка.

Докторъ опять взглянулъ на нее пристально.

— Что дѣлать!— сказалъ онъ,— но, Боже мой, вы оба страшно промокли и озябли; я только сейчасъ замѣтилъ, что вы безъ галошъ и верхняго платья.

— Некогда было одѣваться, мы спѣшили на помощь.

Левъ Львовичъ еще разъ поблагодарилъ "милыхъ малютокъ", какъ совершенно справедливо назвалъ ихъ лакей, и почти силою отправилъ домой, сказавъ, что они могутъ простудиться, и что онъ теперь можетъ справиться безъ посторонней помощи.

— А завтра можно намъ придти къ вамъ на дачу, посмотрѣть, какъ вы устроились?— кричалъ издали Адя.

Докторъ въ знакъ согласія молча улыбнулся своей всегдашней привѣтливой улыбкой и ласково кивнулъ головой.

Придя домой, дѣти, не рѣшаясь сознаться нянѣ, что во время ея отсутствія выскочили на улицу въ однихъ платьяхъ, хотѣли было такъ и остаться въ нихъ, но, къ счастію, она это сама замѣтила.

— Что съ вами, гдѣ вы такъ измокли и испачкались? — спросила она ихъ встревоженнымъ голосомъ.

Тонечка разсказала подробности всего случившагося; Дуняша пришла въ ужасъ.

— Что скажетъ бабушка, когда вернется! Бабушка такая строгая, она на меня разсердится, пожалуй, выгонитъ! — и Дуняша горько расплакалась; дѣтямъ стало жаль ее.

— Но, вѣдь, Дуняша, не ты виновата... мы... — уговаривалъ ее Адя.

— Я виновата въ томъ, что не досмотрѣла; бабушка, уѣзжая, приказывала мнѣ отъ васъ никуда не отлучаться; однако, не будемте, по крайней мѣрѣ, терять время въ напрасныхъ разговорахъ, давайте я вамъ скорѣе перемѣню бѣлье и платье.

— Можетъ, мы успѣемъ это сдѣлать до ея возвращенія, тогда она ничего не узнаетъ, мы не будемъ говорить, не правда ли? — предложила Тоня.

— Конечно! — согласился братишка.

Но предположеніе скрыть отъ бабушки свое путешествіе подъ дождемъ, на сосѣднюю дачу, не удалось. Старушка вернулась изъ города какъ разъ въ ту минуту, когда Дуняша доставала изъ комода дѣтское бѣлье. Узнавъ въ чемъ дѣло, бабушка осталась очень недовольна: сдѣлала внукамъ строгій выговоръ и хотѣла дѣйствительно сію же минуту прогнать Дуняшу, но, сжалившись надъ слезами послѣдней, положила гнѣвъ на милость и простила; дѣтямъ же приказала, напившись чаю, немедленно лечь въ постели. Подъ вліяніемъ сильной усталости и холода они уснули очень скоро; бабушка постоянно подходила къ кроваткамъ, ощупывая ихъ головы.

Тонечка спала спокойно, но что касается до Ади, какъ меньшаго и болѣе слабенькаго, то у него сдѣлался жаръ и сильный кашель. Бабушка очень встревожилась, въ особенности когда около полуночи начался даже бредъ; она подняла на ноги весь домъ, велѣла ставить самоваръ, заварила липоваго цвѣта, обложила Адю горчичниками, вытерла горячимъ уксусомъ, однимъ словомъ, пустила въ ходъ всѣ свои медицинскія познанія, но толку не вышло никакого,— мальчику дѣлалось все хуже. Услышавъ шумъ и бѣготню, Тонечка проснулась.

— Бабушка, отчего вы не спите?— съ удивленіемъ спросила она бабушку.

— Какой тутъ сонь!— отозвалась бабушка.

— Но, что случилось?

— Адя заболѣлъ, и, какъ кажется, очень серьезно.

Тонечка, безгранично любившая маленькаго брата,

ужасно встревожилась, поспѣшно вскочила она съ кроватки, наскоро одѣлась и бросилась къ его постели.

— Адя, что у тебя болитъ, милый?— спросила она его. Адя, ничего не отвѣчая, лежалъ весь въ жару и не узнавалъ никого изъ окружающихъ.

Бабушка разослала прислугу за докторами, но, какъ на зло, ни одного не оказалось дома. Бѣдная старушка плакала, ходила изъ угла въ уголъ, ломала себѣ руки... Тонечка, притаившись въ уголку за диванъ, тихонько всхлипывала, потомъ, вдругъ что-то вспомнивъ и сообразивъ, соскочила съ мѣста и, подбѣжавъ къ старушкѣ проговорила скороговоркой:

— Бабуля, какія мы всѣ недогадливыя, вѣдь докторъ живетъ напротивъ.

— Какой докторъ, Тонечка, что ты путаешь, напротивъ насъ пустая дача.

— Да нѣтъ же, бабушка, мы именно на эту дачу ходили подъ дождемъ и старичекъ лакей поясилъ намъ, что на ней живетъ докторъ, я сейчасъ попрошу его придти, онъ такой добрый, хорошій, навѣрное не откажетъ. — И Тонечка уже направилась къ выходной двери, но бабушка остановила ее.

— Постой, постой, куда пойдешь ночью опять безъ галошъ и пальто по такой погодѣ, мало мнѣ безпокойства съ однимъ больнымъ въ домѣ, ты хочешь захворать тоже.

— Но вѣдь это такъ близко, только улицу перебѣжать.

— Все равно, надо одѣться; отправимся вмѣстѣ. Тонечка въ одну минуту накинула на плечи пальто, всунула ноигки въ галоши и, вооружившись дождевымъ зонтикомъ, вышла вмѣстѣ съ бабушкой на улицу.

Погода стояла отвратительная, дождь, лившій съ самаго утра, не только не думалъ переставать, но, казалось, шелъ еще сильнѣе, вѣтеръ бушевалъ немилосердно, нагибая кустарники чуть не до самой земли; бабушка и внучка съ трудомъ пробирались по скользкой дорогѣ, но такъ какъ дача доктора дѣйствительно оказалась очень близко, то менѣе чѣмъ черезъ пять минутъ онѣ достигли цѣли своего путешествія. На дачѣ все было тихо и, видимо, покоилось глубокимъ сномъ: только дворовая собака, заслышавъ шаги постороннихъ людей, сорвалась съ мѣста и залаяла; но Тонечка знала эту собаку, сторожившую нѣсколько сосѣднихъ дачъ, позвала по имени, собака привѣтливо завиляла хвостомъ, смолкла и пошла обратно подъ ворота.

— Гдѣ же тутъ звонокъ? — спросила бабушка.

— Здѣсь, я нашла его!— отозвалась Тонечка и сильно дернула колокольчикъ.

За дверьми послышалось шлепанье туфель и вслѣдъ затѣмъ раздался сонный голосъ старика лакея.

— Кто тамъ?— бормоталъ этотъ голосъ.

— Пожалуйста, передайте доктору, что его очень просятъ придти къ больному,— отозвалась бабушка.

— Докторъ лѣчитъ только дѣтей, къ взрослымъ же идетъ неохотно.

— У насъ именно боленъ ребенокъ.

— Потрудитесь сказать вашъ адресъ, я запишу. Завтра утромъ рано онъ придетъ къ вамъ.

— Какъ завтра,— взмолилась бабушка,— больному очень дурно, онъ можетъ умереть ночью, если во время не получить помощи. Убѣдительно прошу васъ, разбудите вашего господина.

— Ахъ, сударыня, жаль мнѣ будить его сердечнаго, онъ сегодня очень утомился путешествіемъ и кромѣ того сильно чѣмъ-то разстроенъ.

— Игнатій, кажется за мною пришли?— раздался вдругъ во внутреннихъ комнатахъ голосъ доктора.

— Такъ точно, только я прошу повременить до завтра, потому что вы сегодня очень утомлены.

— Какъ тебѣ не стыдно, Игнатій, развѣ ты не знаешь что я никогда не устаю, если кто-нибудь нуждается въ моей помощи. Проси войти на дачу, я одѣнусь сію минуту.

Лакей нехотя отворилъ дверь.

— Ба, да это та самая маленькая барышня, которая сегодня

вмѣстѣ со своимъ братцемъ помогала мнѣ подбирать въ грязи книги!— сказалъ онъ привѣтливо раскланиваясь.— Пожалуйте, кто же захворалъ у васъ?

— Мой братъ,— отвѣчала Тонечка.

— Тотъ самый, о которомъ я сейчасъ сказалъ?

— Да.

— Это ужасно!

— Вотъ видишь-ли, Игнатій,— снова раздался голосъ доктора,— милый мальчикъ захворалъ, по всей вѣроятности, вслѣдствіе вчерашней простуды, а ты еще не хотѣлъ будить меня!— Говоря это, онъ пристально смотрѣлъ на Тоню и опять проговорилъ едва слышнымъ голосомъ:— Боже мой, какое поразительное сходство!

— Съ кѣмъ?— спросила бабушка.

Докторъ какъ-то замялся и сконфузился.

— Нѣтъ... такъ... вы ее не знаете...— пробормоталъ онъ безсвязно и торопливо направился къ выходной двери.

Адю онъ засталъ въ сильномъ жару; бѣдный мальчикъ метался въ кровати, кашлялъ, плакалъ и кричалъ, жалуясь, что ему вездѣ больно. Докторъ осмотрѣлъ его внимательно.

— Ну, что, какъ вы находите нашего больного?— спросила бабушка, когда осмотръ кончился.

— Какъ вамъ сказать,— отвѣчалъ докторъ серьезно,— пока опредѣлить трудно, все будетъ зависѣть отъ того, успѣемъ-ли мы предупредить бѣду, иначе боюсь утѣшить благопріятнымъ исходомъ.

Бабушка и Тоня заплакали.

— Не тревожтесь раньше времени, никто какъ Богъ,—

обратился онъ къ нимъ ласково,— съ Его святою помощью я надѣюсь захватить болѣзнь во-время; дайте мнѣ перо и бумагу, сію минуту напишу рецептъ, пускай только дѣвушка скорѣе одѣвается, чтобы сбѣгать въ аптеку.

Дуня, все время слушавшая слова доктора съ большимъ вниманіемъ и считавшая себя въ глубинѣ души главною виновницею болѣзни Ади, вызвалась идти въ аптеку. Левъ Львовичъ,— такъ звали доктора,— передалъ рецептъ, а самъ собственноручно принялся класть на голову мальчика холодные компрессы.

— Если позволите, я останусь у постели вашего больного до утра,— сказалъ онъ,— и сдѣлаю все, что только возможно, чтобъ спасти его.

— Не нахожу словъ благодарить васъ, милый, добрый, дорогой докторъ,— отозвалась старушка, крѣпко пожимая его руку,— но мнѣ право совѣстно такъ злоупотреблять вашей добротой; вашъ человѣкъ сказалъ, что вы сегодня утомлены и еще кромѣ того чѣмъ-то разстроены; можетъ быть, вамъ будетъ удобнѣе, сдѣлавъ необходимыя распоряженія, идти спать домой — мы разбудимъ васъ въ случаѣ чего.

— Пожалуйста, отложите въ сторону церемоніи, когда дѣло идетъ о спасеніи ребенка, я все равно спать спокойно не могу, я вѣдь всю жизнь свою посвятилъ на то, чтобъ помогать больнымъ дѣтямъ.

— Да, я вижу, съ какою рѣдкою заботой вы къ нимъ относитесь; вѣроятно, очень любите дѣтей вообще. У васъ самого есть дѣти?

— Нѣтъ, я не женатъ и совершенно одинокъ на свѣтѣ, а отношусь ко всѣмъ дѣтямъ съ непрестанными заботами, вслѣдствіе одного очень грустнаго обстоятельства, случившагося со мной, когда еще самъ былъ ребенкомъ; но не будемъ говорить объ этомъ!— добавилъ онъ, поймавъ украдкой катившуюся слезу, и снова подойдя къ кровати Ади, принялся за компрессы, горчичники и прочія тому подобныя снадобья.

Бабушка и Тоня, несмотря ни на какія просьбы доктора, не хотѣли уходить отъ больного, и только подъ утро, когда онъ немного успокоился, старушка удалилась въ свою спальню, а Тоня, твердо рѣшившаяся ни на минуту не разставаться съ Адей, прилегла тутъ же на диванъ. Левъ Львовичъ сидѣлъ въ креслѣ около самой кровати; онъ сидѣлъ неподвижно, хотя не спалъ, а облокотившись на руку, о чемъ-то долго, долго думалъ.

— Какъ похожа!.. — проговорилъ онъ вдругъ самъ себѣ, — это просто удивительно... бѣдная моя Тоня, простишь ли ты меня на томъ свѣтѣ? Виноватъ я передъ тобой очень, очень... — Говоря это онъ осторожно вытянулъ висѣвшій на шеѣ на золотой цѣпочкѣ медальонъ, открылъ его, опустилъ голову, тихо прильнулъ къ нему губами и горько, горько заплакалъ. Въ эту самую минуту на диванѣ, гдѣ спала Тоня, послышался шорохъ; докторъ обернулся и увидѣлъ ее сидящею.

— Развѣ ты не спишь? — спросилъ онъ съ удивленіемъ и сейчасъ же спряталъ медальонъ.

— Нѣтъ, докторъ, я не спала, — отвѣчала дѣвочка, — простите меня, я невольно видѣла, какъ вы поцѣловали медальонъ... невольно слышала ваши слова... ради Бога, простите, можетъ быть, вы этого совсѣмъ не желали... но право же... право, я не подслушивала... все это случилось само собой, я даже нарочно шевелилась на диванѣ, чтобы дать понять, что я не сплю, но вы ничего не замѣчали.

Когда Тоня говорила, голосъ ея сильно дрожалъ, она опустила глаза книзу, и даже сама, не зная почему, едва удерживала слезы. Докторъ пристально смотрѣлъ на нее; въ комнатѣ царствовала полнѣйшая тишина, изрѣдка нарушаемая стонами больного, да однообразнымъ, мѣрнымъ стуканьемъ маятника висѣвшихъ на стѣнѣ часовъ; минутъ пять длилось молчаніе; наконецъ докторъ первый нарушилъ его.

— Ты говоришь, что слышала мои слова, Тоня? — спросилъ онъ дѣвочку.

Тоня молча кивнула головой.

— Дай же мнѣ честное слово, что никому о нихъ не скажешь… это моя тайна… я не хочу, чтобъ о ней знали именно теперь. Послѣ когда-нибудь, пожалуй, самъ разскажу при случаѣ, но только не теперь…

— Хорошо,— отозвалась Тоня,— даю вамъ въ этомъ честное слово.

Левъ Львовичъ съ благодарностью обнялъ маленькую дѣвочку и, пригнувъ ея головку на подушку, сказалъ ей ласково:

— Постарайся заснуть, я буду наблюдать за Адей, онъ лежитъ довольно покойно.

Тоня въ отвѣтъ ему улыбнулась, закрыла усталые глазки и дѣйствительно, вслѣдствіе сильнаго физическаго утомленія, скоро заснула.

Когда же на слѣдующій день она открыла глаза, доктора уже не было: на его мѣстѣ сидѣла бабушка.

— Бабуся, гдѣ докторъ?— спросила она, потягиваясь.

Бабушка обернулась и, сдѣлавъ знакъ рукой, чтобъ говорить тише, сказала шопотомъ:

— Недавно ушелъ домой, я его смѣнила.

— Что Адя?

— Какъ будто получше.

— Слава Богу.

Ади дѣйствительно немного полегчало. Благодаря искусству добраго Льва Львовича и тщательному уходу за нимъ окружающихъ, болѣзнь была захвачена во время, такъ что по прошествіи нѣсколькихъ дней опасность миновала, и бабушка даже не писала за границу сыну и невѣсткѣ, чтобъ не встревожить ихъ понапрасну, тѣмъ болѣе, что здоровье послѣдней и безъ того было не изъ крѣпкихъ.

— Не надо, чтобъ мама знала обо всемъ случившемся раньше окончательнаго выздоровленія Ади, — рѣшила старушка. Тоня вполнѣ раздѣляла ея мнѣніе, тѣмъ болѣе, что добрый Левъ Львовичъ, часто приходившій навѣщать своего паціента, вскорѣ успокоилъ ихъ окончательно, сказавъ, что всякая опасность миновала и что мальчуганъ, вѣроятно, быстро поправится; такъ оно и было.

Менѣе чѣмъ черезъ двѣ недѣли Адя дѣйствительно не только всталъ съ кровати, но уже совершенно свободно могъ по прежнему играть и бѣгать по двору съ Тоней и остальными сосѣдними дѣтьми.

Съ докторомъ они видѣлись почти ежедневно, но все урывочками, такъ какъ онъ рѣдко бывалъ дома. Разъ, впрочемъ, зазвалъ онъ ихъ къ себѣ подъ предлогомъ помочь подбирать изорванные листы пострадавшихъ во время переѣзда на дачу книгъ, угостилъ шеколадомъ, показывалъ множество картинъ, бюстовъ и вообще различныхъ интересныхъ вещицъ, которыя доставили имъ большое удовольствіе.

Дѣти такъ полюбили своего новаго знакомаго, что положительно считали для себя не только необходимостью, но даже потребностью жизни, хоть разъ въ день, хоть на минуточку забѣжать къ нему.

— Какъ мама и папа полюбятъ васъ, добрѣйшій Левъ Львовичъ, — сказала ему однажды Тоня, — полюбятъ за то, что вы спасли Адю!

— Не я спасъ Адю, Тонечка, а Богъ; безъ Его Святой воли и помощи ни одинъ докторъ не въ состояніи ничего подѣлать.

— Да, это вѣрно; но сколько труда, сколько усилій вы приложили къ этому, въ особенности въ ту ужасную, безсонную ночь, когда напролетъ просидѣли около его кровати.

Говоря эти слова, Тонѣ вдругъ вспомнилось, какъ она въ эту ужасную, безсонную ночь, помимо своего желанія, сдѣлалась невольною свидѣтельницею чужой тайны; она покраснѣла до ушей. Докторъ, конечно, догадался о причинѣ ея смущенія; ему самому стало неловко, и въ то же время видимо почему-то взгрустнулось... Тоня взглянула на него съ участіемъ, и сама не зная почему, заплакала.

— Этого еще недоставало,— сказалъ онъ тогда, стараясь улыбнуться,— если наши бесѣды будутъ кончаться слезами, то лучше намъ не видѣться.

— Ай, нѣтъ, нѣтъ, ни за что на свѣтѣ! — отозвалась Тоня.

— А теперь пока прощайте, я долженъ ѣхать къ больному.

— Далеко?

— Версты за двѣ.

— Значитъ вы скоро вернетесь?

— Къ обѣду, по всей вѣроятности.

— Мы выйдемъ васъ встрѣтить.

Докторъ вмѣсто отвѣта улыбнулся своимъ маленькимъ посѣтителямъ и пошелъ одѣваться, а они въ припрыжку пустились по направленію къ дому. Время до обѣда пролетѣло незамѣтно; не успѣли дѣти опомниться, какъ горничная начала накрывать столъ.

— Скоро Левъ Львовичъ долженъ пріѣхать,— замѣтила Тоня,— идемъ къ нему навстрѣчу.

И взявъ за руку брата, побѣжала вмѣстѣ съ нимъ къ дачѣ доктора.

— Вашего барина нѣтъ еще?— окликнулъ мальчикъ стараго слугу.

— Нѣтъ, еще не возвращался, подождите немного.

Дѣти зашли въ палисадникъ, гдѣ было очень много цвѣтовъ.

— Какая прелесть! — замѣтила Тоня.

— Нѣтъ, ты сюда загляни; здѣсь будетъ интереснѣе, — отозвался Адя; — посмотри какую находку я сдѣлалъ... вотъ такъ прелесть!

Тоня подбѣжала къ нему; онъ стоялъ около вырытаго въ землѣ колодца и, облокотившись на опущенную въ него лѣстницу, пристально смотрѣлъ въ глубину. Тоня подошла ближе.

— У, какъ тамъ страшно, темно! — сказала она, заглядывая.

— Но зато какъ интересно смотрѣть туда, я никогда не видалъ ничего подобнаго, и право не понимаю, почему наша мама всегда боится колодцевъ, и при одномъ, словѣ "колодецъ" даже блѣднѣетъ.

— А зачѣмъ лѣстница опущена туда, какъ ты думаешь? Неужели для того, чтобы спускаться для удовольствія?

— Едва ли! Вѣроятно, колодецъ будутъ чинить или чистить, и лѣстница приставлена для рабочихъ.

Тоня подошла еще ближе. Никогда невиданное зрѣлище крайне заинтересовало ее, она не отрывала глазъ отъ колодца... ей такъ хотѣлось заглянуть глубже... глубже... спуститься по лѣстницѣ и, по всей вѣроятности, она это сдѣлала бы непремѣнно, еслибы вдругъ подъ самымъ ея ухомъ не раздался знакомый, дорогой голосъ Льва Львовича; но голосъ его на этотъ разъ казался необыкновенно страннымъ, онъ какъ-то дрожалъ, казался неестественнымъ, да и самъ-то Левъ Львовичъ просто на себя не походилъ: лицо его покрылось смертельной блѣдностью, губы дрожали, глаза горѣли страннымъ огнемъ.

— Тоня! Бога ради... дальше... — вскричалъ онъ, протягивая руки къ дѣвочкѣ, — такъ нельзя... можетъ случиться несчастіе... она тогда стояла точно такъ же...

Тоня и Адя моментально отступили отъ колодца и смотрѣли въ недоумѣніи на своего собесѣдника.

— Вы такъ какъ мама,— замѣтилъ Адя, подойдя къ доктору и взявъ его за руку,— она тоже больше всего на свѣтѣ боится колодцевъ.

Докторъ дрожалъ словно въ лихорадкѣ.

— Да успокойтесь же, Левъ Львовичъ, вѣдь съ нами ничего не случилось, вы видите, мы по прежнему живы, здоровы!— уговаривалъ его мальчикъ.

— Левъ Львовичъ, что съ вами? Вы дрожите, вы какъ будто плачете, перестаньте, ради Бога!— взмолилась Тонечка.

Левъ Львовичъ долженъ былъ прислониться къ стѣнѣ, чтобъ не упасть, ноги его совершенно ослабѣли.

— Надо бѣжать къ бабушкѣ за каплями... за водой...— суетились дѣти.

— Нѣтъ, друзья мои, не надо ни того, ни другаго,— отозвался наконецъ Левъ Львовичъ,— пройдетъ, это такъ,— вотъ и оправился!— добавилъ онъ черезъ нѣсколько минутъ, и дѣйствительно стоялъ уже совершенно твердо, хотя лицо по прежнему оставалось блѣдно и встревожено.

— Что съ вами такое было, почему вы испугались?

— Видите-ли, дѣтки, не хотѣлъ я никому открывать своей тайны, но ужъ такъ и быть вамъ разскажу мою исторію. Предупреждаю, она очень печальна, разскажу же я ее вамъ только потому, что полюбилъ васъ обоихъ всей душой, и думаю, что, когда вы ее услышите, то будете осторожнѣе въ жизни.

— Ахъ, пожалуйста, голубчикъ, Левъ Львовичъ, разскажите! Ваша исторія, вѣроятно, очень интересна, мы будемъ слушать ее съ наслажденіемъ!

И дѣти тормошили доктора, стараясь силой усадить на траву, чтобы, расположившись около, сію минуту заставить разсказать обѣщанную исторію.

— Нѣтъ, друзья, теперь не могу, я слишкомъ взволнованъ, когда-нибудь послѣ.

— Но когда же, когда?

— Не знаю!

— Скоро?

— Скоро, скоро, только теперь уйдите отсюда и дайте мнѣ честное слово никогда близко не подходить къ колодцу.

— Но вы все-таки скажите, когда именно? — спрашивали дѣти.

— Сегодня вечеромъ я приду къ вамъ.

— И разскажете?

— Да!

— Отлично, значить, бабушка тоже послушаеть. — Съ этими словами дѣти отправились домой обѣдать, и конечно сообщили бабушкѣ о томъ, какъ докторъ засталъ ихъ у колодца, какъ онъ былъ перепуганъ и какъ потомъ обѣщалъ зайти разсказать по этому поводу какую-то исторію.

Слушая ихъ, старушка тоже встрепенулась, но ни брать, ни сестра ничего не замѣтили, — они думали только о томъ, когда наступить блаженная минута, что Левъ Львовичъ придеть къ нимъ и начнеть разсказывать. Но вотъ эта блаженная минута наконецъ наступила. Докторъ въ назначенный часъ явился аккуратно. Бабушка встрѣтила его какъ всегда очень радушно.

— Мои внуки горять нетерпѣніемъ поскорѣе послушать обѣщанную исторію, — сказала она, подавая ему руку.

— Да я, собственно говоря, для этого и пришелъ, хотя предупредилъ, что моя исторія далеко не веселая.

Слушатели сѣли въ кружокъ; докторъ помѣстился въ кресло, вынулъ изъ кармана сигару, закурилъ ее и началъ разсказъ свой слѣдующимъ образомъ:

"Много, очень много лѣтъ тому назадъ, когда я былъ еще ребенкомъ, отецъ однажды отвезъ меня погостить къ своей замужней сестрѣ въ деревню. Сестра эта имѣла дочь, года на два моложе меня. Дѣвочку звали Тоней и она очень привязалась ко мнѣ, я тоже полюбилъ ее всей душой и постоянно старался забавлять то разсказами, то игрушками, строилъ ей картонные домики, дѣлалъ бумажные пѣтушки, клеилъ коробочки; время у насъ шло незамѣтно; наконецъ, наступила пора возвращаться домой, до назначеннаго срока отъѣзда оставалось очень немного, я уже началъ укладывать свои пожитки, какъ вдругъ пришло неожиданное извѣстіе о томъ, что отецъ мой скоропостижно умеръ. Не могу передать вамъ то горе и отчаяніе, которое охватило меня послѣ подобнаго извѣстія. Не говоря уже про то, что я сердечно любилъ отца, и что мысль, что его не стало, казалась мнѣ ужасной, я имѣлъ полное право грустить еще и потому, что остался на свѣтѣ круглымъ сиротой, такъ какъ матери почти не помнилъ — она умерла черезъ нѣсколько дней послѣ моего появленія на свѣтъ. Дядя и тетка отнеслись къ моему горю крайне сочувственно и оставили меня жить у себя. Тоня несказанно обрадовалась этому рѣшенію. Дядя, онъ же и опекунъ мой, поѣхалъ немедленно въ деревню моего покойнаго отца, чтобы сдѣлать тамъ нѣкоторыя распоряженія и захватить мои остальныя вещи.

— Ты навсегда останешься съ нами, Лева, да, да?— зачастую допрашивала моя маленькая двоюродная сестренка.

— Да, Тонечка, навсегда.

— Будешь моимъ братцемъ?

— Да.

Разговоры на эту тему завязывались у насъ очень часто и тянулись довольно долго. Тоня была славная дѣвочка, но, какъ ребенокъ, подчасъ болтлива и докучлива, а такъ какъ я былъ старше ее, то мнѣ это порою начинало надоѣдать, тѣмъ болѣе, что я очень любилъ чтеніе. Не видя иного исхода отдѣлаться отъ дѣвочки, я наконецъ придумалъ скрываться въ одной отдаленной части сада, гдѣ былъ расположенъ колодецъ, и куда, кромѣ садовника, поливавшаго цвѣты и гряды, никогда никто почти не заглядывалъ; сяду бывало тамъ на камешекъ, положу книгу на колѣни и до того увлекусь чтеніемъ, что и про обѣдъ забуду.

— Куда ты прячешься? — спрашивала меня Тоня. Я же все старался отъ нея шуточками да прибауточками отдѣлаться и не говорить правды.

— Ужъ погоди, найду, найду! — тороторила дѣвочка.

Я продолжалъ посмѣиваться. Долго искала она меня по всѣмъ закоулкамъ — напрасно; но разъ какъ-то поиски ея увѣнчались успѣхомъ; въ то время, какъ я дочитывалъ одну очень интересную книгу, вижу вдругъ вѣтки кустовъ, служащія мнѣ охраной, раздвигаются и между ними показывается розовое платье.

— Что, не нашла развѣ? — вскричала Тоня восторженно и, бросившись мнѣ на шею, душила въ объятіяхъ, покрывая все лицо мое поцѣлуями.

Что со мной стало въ тотъ моментъ, до сихъ поръ не могу дать себѣ отчета. Знаю только одно, что въ душѣ поднялась цѣлая буря негодованія при мысли объ утраченномъ спокойствіи навсегда въ уединенномъ уголкѣ. Вмѣсто обычной ласки, я грубо оттолкнулъ отъ себя дѣвочку и проговорилъ съ какой-то необычайною досадой: "противная дѣвчонка, никуда отъ тебя не спрячешься, убирайся вонъ!"

Тоня, полагая вѣроятно, что я шучу, продолжала ласкаться по прежнему; это еще болѣе возмутило меня — Убирайся вонъ, говорятъ тебѣ! — крикнулъ я еще громче.

— Куда же убираться?

— Куда хочешь, только уходи, не мѣшай мнѣ читать!

— Хочешь, въ колодецъ брошусь? — спросила она, указывая пальчикомъ по направленію къ колодцу и, какъ бы желая вспугнуть меня, быстро вскочила на верхнее бревно сруба.

— Сдѣлай одолженіе, бросайся! — отозвался я недовольнымъ тономъ..

— Хорошо, — отвѣчала мнѣ Тоня, — прощай!.. — и не успѣлъ я моргнуть глазами, какъ несчастная, приведя угрозу свою въ исполненіе, моментально бросилась въ глубокую яму; раздался плескъ воды, слабый дѣтскій крикъ, стонъ, затѣмъ все стихло. Я стоялъ первую минуту, словно громомъ пораженный, затѣмъ, сообразивъ наконецъ, что на моихъ глазахъ совершилось что-то ужасное, бросился къ колодцу, глянулъ въ глубь его, замѣтилъ плавающую по поверхности воды безмолвную фигуру Тони и закричалъ во все горло:

— Скорѣе, скорѣе, сюда на помощь, несчастіе... Тоня утонула!

Сбѣжалась прислуга, прибѣжали дядя, тетя. Послѣдняя, узнавъ въ чемъ дѣло, какъ снопъ повалилась на траву, дядя рвалъ на себѣ волосы. Я же сначала стоялъ въ сторонѣ, думая, что все, можетъ быть, обойдется, т.-е. что Тоню вытащатъ живую, тетя придетъ въ себя, дядя успокоится. Но затѣмъ, когда, по прошествіи нѣкотораго времени, увидѣлъ, что Тоня вытащена изъ колодца, лежитъ на травѣ безъ всякаго движенія и рядомъ съ нею въ такомъ же состояніи находятся дядя и тетка, то, не долго думая, пустился бѣжать безъ оглядки, какъ говорится, куда глаза глядятъ.

Долго ли я бѣжалъ, куда именно, по какому направленію — не

могу дать отчета. Знаю только одно, что, когда опомнился, то увидѣлъ себя совершенно одинокимъ на большой проѣзжей дорогѣ, день уже клонился къ вечеру, начиналъ накрапывать дождикъ, въ воздухѣ чувствовалась сырость... Я сталъ раздумывать, какъ мнѣ быть съ собою, что дѣлать, что предпринять... Вернуться обратно къ дядѣ не хватало духу, идти дальше на-авось, казалось страшнымъ, но тѣмъ не менѣе изъ двухъ золъ надо было выбирать одно; я рѣшился на послѣднее, т.— е. пошелъ далѣе, и шелъ до тѣхъ поръ пока наконецъ физическая усталость взяла верхъ надъ нравственнымъ состояніемъ, ноги мои подкашивались, я сунулся въ канаву и заснулъ крѣпкимъ, богатырскимъ сномъ. Сонъ этотъ, вѣроятно, перешелъ затѣмъ въ болѣзненное состояніе; думаю, что у меня сдѣлалась нервная горячка и что я прохворалъ долго, потому что, когда пришелъ въ сознаніе, то не сразу припомнилъ обо всемъ случившемся, и увидѣлъ себя въ совершенно незнакомой горницѣ.

Оказалось, что какой-то проѣзжій купецъ, замѣтивъ въ канавѣ спящаго ребенка, подобралъ меня, привезъ на ближайшую станцію и, замѣтивъ, что ребенокъ боленъ, положилъ въ больницу. Но, какъ онъ мнѣ потомъ объяснилъ, я ему съ перваго же раза внушилъ къ себѣ любовь и расположеніе, ему жаль было бросить меня на произволъ судьбы, и такъ какъ онъ былъ человѣкъ очень богатый и къ тому еще бездѣтный, то рѣшился выждать, пока я окончательно поправлюсь, и взялъ меня къ себѣ вмѣсто сына. Сталъ онъ разспрашивать меня о моемъ прошломъ, но оно было для меня до того ужасно, что я наотрѣзъ отказался разсказывать его, объяснивъ только, что у меня ни родителей, ни даже родственниковъ нѣтъ на бѣломъ свѣтѣ, что я съ радостью готовъ ѣхать съ нимъ куда угодно, только прошу объ одномъ: увезти меня подальше и никогда не разспрашивать о томъ, что со мною было.

Купецъ далъ мнѣ въ этомъ слово и увезъ меня дѣйствительно далеко; онъ занимался большимъ торговымъ дѣломъ, жилъ почти безвыѣздно заграницей, куда мы сейчасъ же съ нимъ и отправились.

Продолжительное путешествіе среди совершенно новой обстановки и незнакомыхъ людей сначала очень успокоило меня; я даже какъ будто забылъ мое ужасное прошлое, старался не думать о Тонѣ, о ея несчастныхъ родителяхъ… Купецъ помѣстилъ меня въ школу, гдѣ я пріобрѣлъ массу знакомства и товарищей. Все шло отлично, но чѣмъ я становился старше, разумнѣе и разсудительнѣе, тѣмъ чаще начиналъ ощущать то тяжелое ни съ чѣмъ несравнимое чувство, которое у насъ называется угрызеніемъ совѣсти; я становился задумчивъ, печаленъ; купецъ нѣсколько разъ старался допросить меня о причинѣ моей постоянной тоски, но я стоялъ твердо на своемъ рѣшеніи никому не открывать страшной тайны, просилъ не допытываться, и задался мыслью, когда выросту большой, непремѣнно сдѣлаться докторомъ, для того, чтобъ посвятить всю жизнь свою на спасеніе дѣтской жизни и этимъ хотя немного искупить тотъ грѣхъ, который до сихъ поръ тяжелымъ камнемъ давитъ мою наболѣвшую, изстрадавшуюся грудь. Задачу эту, какъ вы видѣли во время болѣзни Ади, я исполнилъ свято,— добавилъ докторъ, обратившись къ слушающимъ его со вниманіемъ бабушкѣ и внучатамъ,— но на душѣ все-таки не легче, постоянно кочую съ мѣста на мѣсто, вездѣ подаю посильную помощь и хочу непремѣнно пробраться въ тѣ мѣста, гдѣ находятся могилы милыхъ моихъ и дорогихъ тети, дяди и Тонечки.

— А у васъ нѣтъ портрета этой утонувшей дѣвочки?— спросила Тоня, когда докторъ закончилъ.

— Портрета ея у меня нѣтъ,— отвѣчалъ онъ съ глубокимъ вздохомъ,— но есть подаренный на память крошечный рисуночекъ, на которомъ изображена ею собственноручно ея любимая кукла; по какой-то счастливой случайности рисунокъ этотъ оказался въ боковомъ карманѣ моей курточки въ тотъ моментъ, когда я бѣжалъ изъ дому, и теперь я его ношу постоянно при себѣ въ золотомъ медальонѣ.

— Я это знала и.. — начала было Тонечка, но затѣмъ, вспомнивъ опять, что тогда ночью у постели больного Ади видѣла то, чего ей, можетъ быть, не слѣдовало, снова опустила глазки и сконфузилась.

— И помнишь, какъ я, вынувъ медальонъ, крѣпко, крѣпко поцѣловалъ его... тогда... ночью.. — добавилъ докторъ.

Тоня ничего не отвѣчала.

— Простите, — пробормотала она едва слышно, — право я вовсе не хотѣла ни подглядывать, ни подслушивать! Повторяю вамъ, что нѣсколько-разъ ворочалась на диванѣ, чтобъ напомнить о своемъ присутствіи, но вы не обращали вниманія...

— Перестань, Тонюша, къ чему тутъ извиненія! Неужели я не понимаю, что ты добрая, хорошая, честная дѣвочка и тайну мою узнала совершенно случайно! Но, что ни дѣлается, все къ лучшему: открывъ теперь свою душу, мнѣ, можетъ, самому станетъ легче въ особенности когда доскажу все остальное...

— Такъ ваша исторія еще не окончена? — съ радостью спросилъ Адя. — Пожалуйста, продолжайте, она такая интересная, я готовъ слушать цѣлый день.

— Нѣтъ, дружокъ, исторія моя окончена, мнѣ остается добавить только нѣсколько словъ въ заключеніе. Помнишь, Тоня, — обратился онъ къ дѣвочкѣ, — какъ меня смутила наша первая встрѣча, если только ты это замѣтила?

— Помню, что вы поблѣднѣли и, взглянувъ на меня, проговорили о какомъ-то поразительномъ сходствѣ.

— Вотъ именно!

— Неужели я похожа на вашу маленькую Тоню?

— Какъ двѣ капли воды; не только личикомъ, но даже голосомъ... манерой...

— Я этому очень рада! Вы будете любить меня еще больше!

Докторъ, вмѣсто отвѣта, притянулъ Тоню къ себѣ и, прижавъ къ груди, поцѣловалъ крѣпко; на глазахъ его навертывались слезы...

— Поразительное сходство нашей Тонечки съ той маленькой дѣвочкой, про которую вы только что разсказывали, для меня очень понятно! — вмѣшалась въ разговоръ бабушка, все время внимательно слушавшая разсказъ доктора.

— Почему? — съ удивленіемъ спросилъ ее послѣдній.

— Потому, что... она... — бабушка не могла сразу договорить начатую фразу, голосъ ея дрожалъ, она была видимо чѣмъ-то взволнована.

— Почему, почему? — допытывались между тѣмъ всѣ присутствующіе.

— Потому, что она родная дочь...

— Чья?...

— Бывшей маленькой Тони.

— Какъ! — воскликнулъ съ удивленіемъ и радостью Левъ Львовичъ, — значить Тоня жива?

— Да, она жива, здорова, даже счастлива, и вы, вѣроятно, увидите ее очень скоро.

— Что вы говорите! Господи, да неужели же все это не сонъ? Повторите, Бога ради, то, что сейчасъ сказали.

Бабушка улыбнулась и, уступая настоятельнымъ просьбамъ своего собесѣдника, вторично повторила только-что сказанное.

— Но почему же, наконецъ, вы знаете это?

— Потому что бывшая маленькая Тоня въ настоящее время замужемъ за моимъ сыномъ, и Тонечка ея родная дочь.

— Значитъ вы мнѣ дядя!— вскричала Тоня.

— И мнѣ тоже!— подхватилъ Адя.

Оба они бросились въ объятія доктора. Нѣсколько минутъ въ комнатѣ продолжалось молчаніе:, всѣ четверо чувствовали себя слишкомъ взволнованными для того, чтобы говорить. Наконецъ, когда немного успокоились, докторъ первый нарушилъ молчаніе, спросивъ, что сдѣлалось съ родителями Тони, т. е. съ его дядей и теткой.

— Они тоже живы,— пояснила бабушка,— вы считали ихъ мертвыми, а они были просто въ обморокѣ. Теперь живутъ въ имѣніи верстъ за сорокъ отсюда; иногда пріѣзжаютъ къ намъ, оба, конечно, уже не молоды, но все-таки еще достаточно бодры, любятъ Тоню и дѣтей ея до безумія, но часто, горюютъ о пропавшемъ безъ вѣсти племянникѣ Левѣ, попасть на слѣдъ котораго потеряли всякую надежду.

— Господи, какое неожиданное счастье, какъ долженъ я благословлять судьбу за то, что она случайно натолкнула меня къ вамъ!— продолжалъ докторъ, почтительно поцѣловавъ руку бабушкѣ.— Пожалуйста, дайте мнѣ адресъ моего милаго дяди, я завтра же отправлюсь туда.

Долго еще толковали между собой счастливые собесѣдники, бесѣда затянулась далеко за полночь. Старушка няня Матвѣевна нѣсколько разъ приходила за дѣтьми звать ихъ спать, но бабушка, по случаю неожиданной семейной радости, разрѣшила имъ сидѣть сколько они пожелаютъ. На слѣдующій же день рано утромъ вмѣстѣ съ Левъ Львовичемъ поѣхали они въ четырехмѣстномъ экипажѣ въ имѣніе родителей бывшей маленькой Тони, а теперь Антонины Николаевны.

Старики несказанно обрадовались дорогимъ гостямъ, въ особенности, когда узнали всю суть дѣла; сейчасъ же была отправлена телеграмма за границу; въ телеграммѣ въ короткихъ словахъ они пояснили дочери о неожиданномъ появленіи, безъ вѣсти пропавшаго Левы, теперь ужъ не только взрослаго, но почти пожилаго мужчины; вслѣдъ за телеграммой пошло письмо съ болѣе подробными свѣдѣніями. Отвѣтъ получился весьма скоро; Татьяна Николаевна была такъ рада и счастлива, что даже поторопилась возвратиться на родину и вмѣстѣ съ своимъ мужемъ пріѣхала домой на цѣлый мѣсяцъ раньше предполагаемаго срока.

Взаимнымъ ласкамъ, поцѣлуямъ и разсказамъ не было конца. Затѣмъ Николай Михайловичъ,— такъ звали дядю доктора,— поспѣшилъ сдать принадлежащее ему имѣніе, которымъ онъ принужденъ былъ управлять такъ долго. Отправились они туда опять-таки всей семьей, имъ такъ было отрадно и хорошо вмѣстѣ, что не хотѣлось разлучаться даже не надолго.

Первымъ долгомъ, конечно, Николай Михайловичъ предложилъ пойти къ роковому колодцу. Колодецъ стоялъ на прежнемъ мѣстѣ, срубъ покрылся отчасти мхомъ, смотрѣлъ угрюмо, непривѣтливо; докторъ хотѣлъ было немедленно приказать засыпать его, но Татьяна Николаевна возстала и подала гораздо лучшую мысль.

— Мы устроимъ около этого колодца часовню!— сказала она и,— отъ времени до времени будемъ приходить благодарить Господа Бога за то, что Онъ спасъ меня отъ неминуемой гибели, родителямъ моимъ далъ силы перенести страшный испугъ, а тебѣ Левъ, послѣ многихъ лѣтъ нравственнаго страданія, снова дозволилъ возвратиться къ родной семьѣ.

— Да, Тоня, ты права!— отвѣчалъ Николай Михайловичъ.— Это будетъ гораздо лучше, мы немедленно приступимъ къ постройкѣ часовни.

Благодаря усердію рабочихъ и тщательному надзору за ними самого доктора, работа шла чрезвычайно быстро; менѣе чѣмъ черезъ мѣсяцъ, часовня оказалась оконченной, нѣсколько разъ въ годъ туда пріѣзжалъ священникъ, служилъ торжественный молебенъ, на которомъ конечно каждый разъ присутствовала вся семья.

Докторъ, къ великой радости своего стараго лакея, пересталъ скитаться по бѣлому свѣту и навсегда поселился въ имѣніи, гдѣ по прежнему много занимался практикою, и никогда никому не отказывалъ въ помощи ни днемъ, ни ночью.

Тоня и Адя, жившіе со своими родителями въ сосѣднемъ городѣ, часто видались съ дядей Левой, какъ они обыкновенно звали доктора, и почти каждый разъ просили его снова разсказывать исторію и показать портретъ мамашиной куклы, который онъ по прежнему постоянно носилъ при себѣ въ золотомъ медальонѣ.

— А вѣдь я умница, дядя, — зачастую говорила въ заключеніе Тонечка, — умѣла хранить чужую тайну, никому не сказала ни слова про твой медальонъ, до тѣхъ поръ, пока ты самъ громко не сообщилъ о немъ бабушкѣ и Ади.

Левъ Львовичъ вмѣсто отвѣта бралъ Тонечку на колѣни и нѣжно цѣловалъ въ голову.

ВАНЯ

На обрывистомъ берегу одной довольно широкой судоходной рѣки стояла высокая вѣтренная мельница; называлась она "вѣтренной" потому, что механизмъ ея приходилъ въ движеніе только посредствомъ вѣтра. Смѣло размахивала тогда мельница своими могучими крыльями, и мельникъ съ помощью нѣсколькихъ человѣкъ подручныхъ работалъ на ней безъ устали. Чѣмъ чаще повторялся вѣтеръ и чѣмъ онъ дѣлался сильнѣе, тѣмъ выгоднѣе было мельнику, который слылъ за очень богатаго человѣка.

Семья его была маленькая: она состояла изъ его самого, жены и пятилѣтняго сынишки Вани. Всѣмъ имъ троимъ жилось весело, привольно, радостно, до тѣхъ поръ, пока вдругъ въ одинъ прекрасный день ихъ постигло тяжкое горе: мать Вани простудилась, схватила тифъ и умерла въ страшныхъ мученіяхъ.

Бѣдный, маленькій Ванюша, глядя на трупъ матери и на отчаяніе отца, тоже поплакалъ, погоревалъ, но когда мать закопали въ землю, вскорѣ успокоился, такъ какъ былъ еще слишкомъ неразвитъ и малъ для того, чтобы понять, насколько велика утрата.

Не прошло недѣли со дня похоронъ бѣдной женщины, какъ онъ уже, словно ни въ чемъ не бывало, бѣгалъ на лугу и рѣзвился вмѣстѣ съ другими ребятишками; но зато отецъ его грустилъ и грустилъ непроходимо, вслѣдствіе чего вскорѣ самъ опасно заболѣлъ. Работа на мельницѣ прекратилась; мастеровые разошлись по домамъ, на мѣсто прежняго оживленія тамъ наступило полнѣйшее затишье.

Здоровье мельника съ каждымъ днемъ становилось все хуже и хуже; сначала онъ кое-какъ вставалъ съ постели, выходилъ на улицу и, завернувшись въ овчинный тулупъ, сидѣлъ иногда на завалeнкѣ, но за послѣдніе дни уже чувствовалъ себя не въ силахъ ступить на ноги.

— Папа, зачѣмъ ты все лежишь? Встань, пойдемъ въ лѣсъ за грибами, погода превосходная! — сказалъ ему однажды Ваня.

— Нѣтъ, Ванюша, не могу, — отозвался мельникъ.

— Почему?

— Нездоровится.

— Ничего, папа, пойдемъ, легче будетъ.

Больной грустно улыбнулся.

— Не за грибами мнѣ скоро придется идти, дружокъ, а дальше... гораздо дальше... — сказалъ онъ послѣ минутнаго молчанія.

— Дальше?

Больной кивнулъ головою.

— Куда же, папочка?

— Туда, гдѣ теперь находится твоя мама...

— Ахъ, папочка, милый, возьми и меня съ собою.

— Это невозможно, Ванюша!

— Какъ же я останусь одинъ безъ тебя, папа? Мнѣ будетъ и скучно, и страшно.

— Господь Богъ тебя не оставить, только помни вотъ что: когда я умру и меня похоронять, сейчасъ же вынь изъ моего стола письмо, которое я нарочно нѣсколько дней тому назадъ положилъ туда, около кошелька съ деньгами; возьми то и другое и отправляйся въ городъ N.; это отсюда будетъ около пятидесяти верстъ, денегъ тебѣ на дорогу вполнѣ хватить.

Добравшись до города, отыщи по адресу дядю Степу и отдай ему письмо; въ письмѣ все сказано; ради Бога, только не потеряй его, иначе выйдетъ плохо... Дядя навѣрное приметъ тебя дружелюбно, несмотря на то, что мы съ нимъ очень давно не видѣлись... Понялъ ты меня, Ванюша?— спросилъ больной въ заключеніе, видимо утомившись длиннымъ монологомъ.

— Понялъ...— отвѣчалъ мальчикъ, продолжая пристально смотрѣть на мельника, который закрылъ глаза и лежалъ неподвижно.

Минутъ пять длилось молчаніе; Ваня первый нарушилъ его, спросивъ, сколько времени придется быть въ дорогѣ, когда онъ отправится въ N. Отвѣта не послѣдовало.

"Уснулъ!" подумалъ Ваня, и тихонько, на ципочкахъ вышелъ изъ комнаты.

Мельникъ дѣйствительно уснулъ, но не тѣмъ сномъ, какимъ обыкновенно засыпаютъ живые люди; онъ уснулъ на-вѣки... перешелъ въ лучшую, невѣдомую жизнь, т. е. говоря проще, скончался.

Когда Ваня узналъ объ этомъ, то горько заплакалъ и побѣжалъ сообщить сельскому священнику, который жилъ неподалеку и часто къ нимъ захаживалъ.

— Одному тебѣ на мельницѣ оставаться не приходится,— сказалъ тогда священникъ,— перебирайся пока ко мнѣ; взять совсѣмъ не могу — у самого семья большая, а на время, съ удовольствіемъ; потомъ же постараюсь устроить въ пріютъ.

— Нѣтъ, батюшка, не могу я этого.

— Почему?

— Какъ только папу похоронятъ, мнѣ необходимо отправиться въ N.

— Въ N? Зачѣмъ?

Ваня въ короткихъ словахъ передалъ то, что ему говорилъ умирающій отецъ и, вернувшись на мельницу вмѣстѣ со священникомъ, сейчасъ же, въ его присутствіи вынулъ изъ ящика запечатанный нѣсколькими печатями конвертъ и кошелекъ.

— Письмо это, по всей вѣроятности, заключаетъ въ себѣ что нибудь очень важное, — замѣтилъ священникъ, — ради Бога, не затеряй его.

— Да, батюшка, папа мнѣ говорилъ тоже самое.

— Пока ты будешь собираться въ путь, я возьму его къ себѣ, чтобы жена спрятала вмѣстѣ съ нашими деньгами и бумагами.

Ваня передалъ ему конвертъ и кошелекъ.

Черезъ два дня мельника похоронили. Ваня все время находился въ домѣ священника, затѣмъ сталъ просить отправить его въ N.

Добрый батюшка отыскалъ въ деревнѣ одного крестьянина, который, по наслышкѣ, зналъ немного о дядѣ мальчугана и въ виду необходимости отправиться въ городъ по собственнымъ дѣламъ, за небольшую плату взялся доставить его туда на своей лошади.

Жена священника, или какъ ее называли всѣ знакомые и родные "матушка", сшила изъ полотна мѣшечекъ, положила въ него письмо къ дядѣ Степѣ, крѣпко перевязала снуркомъ и, собственноручно надѣвъ на шею Вани, въ двадцатый разъ повторила:

— Ради Бога, не потеряй!

Въ назначенный день отъѣзда она напекла мальчику въ дорогу ватрушекъ съ творогомъ, дала нѣсколько яблокъ и, собравъ необходимое на первый случай бѣлье и платье, со всею семьею вышла проводить а а крыльцо.

Деревенскіе ребятишки, бывшіе товарищи по игрѣ съ Ваней, тоже сбѣжались пожелать ему счастливаго пути и посмотрѣть какъ онъ отправится.

— Прощай, Ванюша, Господь съ тобою, счастливаго пути тебѣ!— слышалось со всѣхъ сторонъ.

Ваня едва успѣвалъ отвѣчать на поклоны, привѣтствія и безконечныя добрыя пожеланія, которымъ, по всей вѣроятности, долго не было бы конца, еслибы Петръ,— такъ звали крестьянина, сопровождавшаго мальчика,— не напомнилъ, что пора тронуться.

Еще разъ, съ благодарностью поцѣловавъ руку священнику и женѣ его, мальчуганъ проворно вскарабкался въ телѣжку, сѣлъ на устроенное изъ сѣна и прикрытое ковромъ сиденье и, раскланиваясь на обѣ стороны старымъ друзьямъ, мелкою рысцею поѣхалъ по дорогѣ, ведущей въ городъ.

Спутникъ его оказался очень веселымъ и разговорчивымъ; онъ безъ умолку разсказывалъ мальчику безчисленное множество анекдотовъ изъ своей крестьянской жизни. Сначала Ваня слушалъ съ удовольствіемъ, но затѣмъ болтовня его надоѣла ему; онъ, не обращая на нее никакого вниманія и притворившись спящимъ, задумался надъ тѣмъ, что его ожидаетъ въ будущемъ.

На полдорогѣ Петръ остановился покормить лошадь; Ваня слѣзъ съ телѣжки и позавтракалъ ватрушками и яблоками; часа черезъ полтора, онъ снова пустился въ путь; но не успѣлъ отъѣхать и версты отъ станціи, какъ вдругъ въ телѣжкѣ сломалось колесо.

— Вотъ тебѣ разъ!— вскричалъ Петръ,— что теперь дѣлать! Кузницу-то, положимъ, по близости я знаю, да денегъ нѣтъ, заплатить кузнецу за работу. Послушай, Ванюша, отдай-ка ты мнѣ сейчасъ что слѣдуетъ за дорогу, иначе все равно ѣхать дальше нельзя.

Ваня досталъ изъ кармана кошелекъ, довѣрчиво подалъ его крестьянину и просилъ отсчитать сколько слѣдуетъ, такъ какъ самъ онъ въ деньгахъ счетъ зналъ плохо.

Петръ, какъ честный человѣкъ, исполнилъ просьбу мальчика добросовѣстно.

— У тебя тамъ осталось не особенно много,— сказалъ онъ, возвращая кошелекъ.

— Да доѣхать-то хватитъ?

— Я думаю, если не навернется какого-либо непредвидѣннаго расхода; ну, а пока что, слѣзай съ телѣги, пройдись пѣшкомъ; я вмѣсто колеса колъ какой-нибудь прилажу, до кузницы недалеко.

Ваня нехотя слѣзъ на дорогу; Петръ отыскалъ гдѣ-то въ канавѣ толстый колъ, привязалъ его къ телѣжкѣ и, взваливъ сломанное колесо на сидѣнье, поплелся дальше. Ваня послѣдовалъ за нимъ.

Кузница, находившаяся, по словамъ Петра, близко, на самомъ дѣлѣ оказалась довольно далеко, и маленькія ножки мальчика, не привыкшаго совершать подобное путешествіе по скользкой послѣ недавняго дождя дорогѣ, едва-едва передвигались.

— Скоро ли будетъ кузница?— безпрестанно спрашивалъ онъ крестьянина.

— Сейчасъ спустимся съ горки, завернемъ направо, переѣдемъ черезъ мостъ, и готово!— отозвался послѣдній.

Ваня продолжалъ ковылять за телѣгой, ожидая съ большимъ нетерпѣніемъ скорѣе увидѣть кузницу, и только послѣ почти полу-часовой ходьбы достигъ наконецъ цѣли путешествія.

Кузнецъ внимательно осмотрѣлъ колесо, похлопалъ по немъ молоткомъ и объявилъ, что раньше завтра оно готово быть не можетъ. Дѣлать было нечего, пришлось покориться необходимости, переночевать и на слѣдующее утро заплатить за ночлегъ и ужинъ.

Ваня, по примѣру прошлаго раза, опять передалъ кошелекъ своему спутнику.

— Теперь ужъ больше ничего не понадобится, будь покоенъ! — старался успокоить его послѣдній.

Но Ваня и не думалъ безпокоиться; ему никогда не случалось распоряжаться деньгами, онъ не понималъ, что деньги въ жизни необходимы, а потому даже не поинтересовался заглянуть въ кошелекъ, чтобы освѣдомиться, сколько ихъ у него осталось.

Часовъ около пяти пополудни на слѣдующій день путешественники наконецъ благополучно добрались до города.

— Теперь мнѣ надо налѣво, а тебѣ направо, — сказалъ Петръ; — или все прямо по улицѣ; видишь тамъ, на углу, большой домъ съ двумя подъѣздами и золотымъ кренделемъ надъ однимъ изъ нихъ; это домъ, въ которомъ, какъ мнѣ кажется, долженъ жить твой дядя; ступай прямо туда, покажи письмо, по адресу найти квартиру будетъ не трудно.

— А ты, Петръ, развѣ не поѣдешь со мной? — тревожно спросилъ Ваня.

— Зачѣмъ?

— Мнѣ одному какъ будто неловко.

— Пустяки! Ступай съ Богомъ, никто не обидитъ, люди вѣдь кругомъ, не волки!

Ваня хотѣлъ было что-то возразить, но не успѣлъ опомниться, какъ Петръ безъ церемоніи ссадилъ его на каменную мостовую и, бросивъ подъ ноги узелокъ съ бѣльемъ и платьемъ, ударилъ кнутомъ по спинѣ лошади, и затѣмъ завернувъ въ противоположную улицу, скрылся изъ виду.

Ванѣ сдѣлалось страшно; онъ почувствовалъ свое одиночество среди незнакомаго города. Безпрестанно проѣзжавшіе мимо его экипажи и сновавшіе взадъ и впередъ прохожіе, совершенно отуманили ему голову; онъ случайно повернулъ не туда, куда слѣдовало и сбился съ дороги, такъ что, сколько ни шелъ, никакъ не могъ найти высокій угловой домъ съ двумя подъѣздами и съ золотымъ кренделемъ.

— Господи! Что же это такое?— проговорилъ онъ почти вслухъ,— самъ своими глазами видѣлъ домъ дяди Степы, а теперь его нѣтъ, словно провалился! Развѣ спросить кого-нибудь?

И обратившись къ первому встрѣчному, попросилъ его указать, гдѣ живетъ дядя Степа.

Прохожій улыбнулся.

— Городъ великъ,— сказалъ онъ насмѣшливо,— въ немъ навѣрное найдется нѣсколько такихъ дядей.

— Да мнѣ не надо другихъ, я ищу моего дядю Степу, пожалуйста скажите, гдѣ онъ живетъ?

— Право, не знаю.

— Въ томъ домѣ два подъѣзда, и надъ однимъ изъ нихъ золотой крендель вывѣшенъ.

Но прохожій уже не слышалъ словъ мальчика и отправлялся своей дорогой.

Тогда Ваня рѣшилъ больше никого не спрашивать, а попытаться самому, безъ постороннѣй помощи, отыскать каменный домъ съ двумя подъѣздами.

Долго бродилъ бѣдняга изъ улицы въ улицу, и какъ на зло, ни одного дома, даже похожаго на тотъ, который указывалъ ему Петръ, теперь не находилось. Пасмурный осенній день, между тѣмъ, клонился къ вечеру, на дворѣ было почти совершенно темно; Ваня страшно утомился и чувствовалъ сильный голодъ.

Увидавъ на углу торговку съ булками, онъ остановился, чтобы купить себѣ что-нибудь, но каково же было его отчаяніе, когда, всунувъ руку въ карманъ за кошелькомъ, вдругъ замѣтилъ, что потерялъ его.

— Бабушка, — обратился онъ тогда къ торговкѣ, — мнѣ нечѣмъ заплатить тебѣ.

— Такъ къ чему же спрашивать! — грубо отозвалась женщина и, взявъ у него обратно булку, снова опустила се въ корзинку.

— Кушать хочется! — жалобно простоналъ Ваня.

— Скажите пожалуйста, какія нѣжности! Безъ денегъ развѣ можно требовать кушать!

— Да у тебя, бабушка, въ корзинкѣ булокъ много, одною меньше ничего не значить, — я же очень, очень голоденъ.

— Много васъ такихъ шатается по улицамъ, всѣхъ не накормишь! — рѣзко отозвалась торговка и, по примѣру только что встрѣтившагося прохожаго, пошла дальше.

Послѣ нея много попадалось ему на встрѣчу мужчинъ и женщинъ, но, потерпѣвъ два раза неудачу, онъ уже не рѣшался заговаривать ни съ кѣмъ, до тѣхъ поръ, пока наконецъ вспомнилъ, что на письмѣ написанъ адресъ и что самое лучшее показать его.

"Попробую въ послѣдній разъ, авось удастся..." подумалъ мальчикъ и, осторожно вытащивъ изъ-за пазухи полотняный мѣшечекъ, развязалъ снурокъ, чтобы вытащить запечатанный конвертъ; въ эту самую минуту мимо проходила одна довольно скромно, одѣтая женщина.

Ваня нерѣшительно подошелъ къ ней, остановилъ, съ просьбою

прочитать адресъ и указать, гдѣ находится означенный на немъ домъ.

Женщина взяла въ руки конвертъ, подошла къ зажженному фонарю и, при слабомъ свѣтѣ едва мерцающей въ немъ керосиновой лампочки, начала читать чуть не по складамъ.

— Этотъ домъ отсюда недалеко,— сказала она, возвращая Ванѣ конвертъ.

— Въ самомъ дѣлѣ? Какое счастіе! Но вы все-таки разскажите мнѣ поподробнѣе, а то я навѣрное заблужусь, потому что совсѣмъ не знаю мѣстности.

— Пойдемъ вмѣстѣ, мнѣ по дорогѣ, я доведу тебя.

— Благодарю васъ.

— Не за что.

— И въ этомъ домѣ навѣрное живетъ дядя Степа?— радостно спросилъ мальчикъ.

— Ужъ этого не могу сказать, голубчикъ; полагаю, что да, если на конвертѣ адресъ написанъ вѣрно: во всякомъ случаѣ придемъ на мѣсто — узнаемъ.

Ваня совершенно ожилъ; при мысли, что скучное путешествіе кончено и что, добравшись до дяди, онъ, конечно получитъ ужинъ, ему сразу сдѣлалось отраднѣе; онъ заранѣе предвкушалъ удовольствіе очутиться въ теплой комнатѣ и, поровнявшись черезъ нѣсколько минутъ съ тѣмъ самымъ домомъ, на который указывалъ ему Петръ, низко поклонился своей спутницѣ.

— Квартиру розыщи самъ, по адресу не трудно,— сказала женщина,— я бы пошла съ тобою, но мнѣ некогда, тороплюсь домой кормить дѣтей ужиномъ да чаемъ поить; они, бѣдняжки, цѣлый день оставались одни, пока я сидѣла за работою.

— Розыщу, розыщу!— съ увѣренностью отозвался Ваня и торопливыми шажками сталъ подниматься по довольно высокой лѣстницѣ, которая привела его къ двери, обитой зеленою клеенкою. На двери была прибита мѣдная дощечка съ надписью имени, отчества, и фамиліи квартирохозяина; около двери висѣла зажженная лампа; но Ваня читать не умѣлъ, слѣдовательно, ни лампа, ни дощечка не принесли ему никакой пользы; около двери же виднѣлся звонокъ. Ваня дернулъ его со всей силы и сталъ прислушиваться, идетъ ли кто на зовъ.

Не прошло и минуты, какъ замокъ щелкнулъ, дверь отворилась и на порогѣ показалась старушка съ ребенкомъ на рукахъ; другой ребенокъ, немного постарше перваго, стоялъ тутъ же, держась за платье женщины, и, выпучивъ свои хорошенькіе голубые глазки, съ любопытствомъ смотрѣлъ на неожиданнаго посѣтителя.

— Развѣ можно звонить такъ громко!— сердито замѣтила старуха,— дѣтей перепугали... Кто тамъ такой, что надобно?

Ваня, увидавъ, что его встрѣтили съ недовольнымъ лицомъ и непривѣтливо, такъ растерялся, что не могъ даже ничего сказать.

— Что надобно?— повторила старуха.

— Мнѣ надо дядю Степу.

— Какого дядю Степу?

— Который живетъ въ этомъ домѣ.

— Я тебя совсѣмъ не понимаю.

— Вотъ тутъ на конвертѣ все написано,— возразилъ мальчикъ и подалъ письмо.

Старуха внимательно прочла адресъ.

— Иди, откуда пришелъ,— сказала она, возвращая письмо,—

139

да впередъ никогда не смѣй звонить такъ сильно въ чужія квартиры.

— Какъ въ чужія? Здѣсь живетъ дядя Степа.

— Нѣтъ.

— Письмо-то вѣдь къ нему написано?

— Тотъ, кому письмо это адресовано, уже давнымъ-давно умеръ; здѣсь же теперь живутъ другіе, совсѣмъ незнакомые, ни тебѣ, ни ему люди, слѣдовательно, безпокоить ихъ не для чего.

Съ этими словами она захлопнула дверь передъ самымъ носомъ бѣднаго Вани; слезы градомъ потекли у него изъ глазъ, онъ въ изнеможеніи опустился на лѣстницу. Мысль, что дядя, на котораго онъ возлагалъ всѣ надежды, умеръ, точно также какъ папа и мама, и что онъ теперь остался совершено одинъ въ незнакомомъ городѣ, гдѣ безъ денегъ ему не даютъ даже простой булки, ужасала его... Да и неудивительно: подобному положенію завидовать трудно, оно вполнѣ можетъ заставить призадуматься не только такое крошечное, безпомощное существо, какимъ былъ Ваня, но даже и взрослаго человѣка, — а дождь, вѣтеръ и темнота на улицѣ усиливались и усиливались... Ваня долго не вставалъ съ мѣста.

Сидя на ступенькахъ лѣстницы, онъ ясно слышалъ, какъ за дверью сердитая старуха разсказывала кому-то о его появленіи; какъ затѣмъ задвигались стулья, задребезжала посуда, ложки, ножи... Очевидно, обитатели квартиры покойнаго дяди Степы садились ужинать.

"Счастливые!..— подумалъ мальчикъ,— развѣ позвонить еще, да попросить хотя кусокъ чернаго хлѣба".

И онъ уже всталъ съ мѣста, чтобъ привести задуманный планъ въ исполненіе, но, вспомнивъ недоброе выраженіе лица старухи, только что отворявшей ему дверь, вмѣсто того, чтобы взяться за колокольчикъ, машинально повернулъ назадъ и принялся спускаться.

Едва сдѣлалъ онъ нѣсколько шаговъ по грязной улицѣ, какъ глазамъ его представилось зеркальное окно булочной съ лежащими на немъ всевозможными булками и печеньемъ... Картина эта еще больше раздразнила аппетитъ несчастнаго мальчика,— онъ чувствовалъ, что голодъ доходитъ до крайности, что онъ готовъ на все, лишь бы утолить его, готовъ даже украсть первую попавшуюся булку, если ему не дадутъ ее, и потому, вооружившись рѣшимостью, смѣло перешагнулъ порогъ булочной и, обратившись къ стоявшему за прилавкомъ нѣмцу-булочнику въ бѣломъ колпакѣ и халатѣ, проговорилъ почти со слезами:

— Ради Бога, не откажите дать мнѣ хотя кусочекъ булки, я очень, очень голоденъ.

— Мы даромъ не даемъ,— отозвался булочникъ,— пожалуйте деньги и выбирайте какую угодно булку.

— Но у меня нѣтъ денегъ; я потерялъ кошелекъ...

Булочникъ, видимо не желая продолжать разговоръ, взялъ лежавшую на столѣ газету и принялся читать ее.

Ваня остановился у прилавка и захныкалъ^ рѣшимость его пропала; онъ больше даже не думалъ о томъ, что можетъ безъ спроса схватить булку съ окна и, воспользовавшись темной ночью, убѣжать съ нею далеко, какъ намѣревался было сдѣлать.

— Что тамъ такое? Кто плачетъ?— раздался изъ сосѣдней комнаты женскій голосъ.

Булочникъ отвѣтилъ что-то по нѣмецки. Ваня не понялъ его, но черезъ нѣсколько минутъ увидѣлъ появившуюся на порогѣ молодую женщину, которая имѣла очень добрый, ласковый видъ и нисколько не походила на противную старуху, отворившую ему дверь на лѣстницѣ.

— О чемъ плачешь? — спросила она его ласково, погладивъ по головкѣ.

— Кушать... кушать хочу, — отвѣчалъ Ваня сквозь слезы, — дайте мнѣ, Бога ради, какую-нибудь черствую давнишнюю булку, у васъ ихъ такъ много...

Молодая женщина достала съ полки пеклеванный хлѣбъ и подала Ванѣ; Ваня набросился на него съ жадностью, торопливо запихивалъ за обѣ щеки, словно боясь, что кто отниметъ.

— Ты откуда же пришелъ, что такъ проголодался? — заговорила женщина, но булочникъ перебилъ ее, сдѣлавъ на нѣмецкомъ языкѣ, вѣроятно, какое нибудь строгое замѣчаніе, потому что она сейчасъ же смолкла.

Ваня это понялъ и, покончивъ съ пеклеванникомъ, молча поклонился и вышелъ на улицу; нѣсколько подкрѣпивъ силы, онъ зашагалъ по грязной скольской мостовой скорѣе, подвигаясь все впередъ и впередъ безъ оглядки, а куда — и самъ не вѣдалъ.

Чѣмъ дальше шелъ онъ, тѣмъ рѣже попадались прохожіе и проѣзжіе, рѣже виднѣлись фонари, а наконецъ и совсѣмъ ^пропали; большіе, каменные дома тоже смѣнились сначала маленькими деревянными, а затѣмъ даже просто лачужками.

Поровнявшись съ одною изъ нихъ, Ваня присѣлъ отдохнуть на заваленку, и такъ какъ окна лачужки выходили на улицу, возвышаясь отъ земли не болѣе какъ на пол-аршина, то онъ изъ любопытства заглянулъ туда и увидѣлъ крошечную, очень скромно прибранную комнату; она освѣщалась простою жестяною лампою, поставленною на столъ, вокругъ котораго помѣщались нѣсколько человѣкъ дѣтей разнаго возраста; вмѣстѣ съ ними сидѣла та самая женщина, съ которою Ваня недавно встрѣтился на улицѣ, и которая довела его до большого дома съ золотымъ кренделемъ. Очевидно она была мать присутствующихъ дѣтей, потому что заботливо разливала имъ чай и кормила маленькихъ кашей.

Дѣти весело болтали, смѣялись, Ваня старался прислушаться къ ихъ разговору, но за двойными рамами и сильнымъ вѣтромъ ничего не могъ понять.

— Счастливые!— вторично проговорилъ онъ, заглядѣлся на нихъ, задумался, и совершенно неожиданно и незамѣтно для самого себя, подъ влiянiемъ сильной усталости, растянулся во всю длину и заснулъ крѣпкимъ, какъ говорится, богатырскимъ сномъ.

Долго ли продолжался этотъ сонъ, что вокругъ него творилось,— онъ положительно не могъ бы дать отчета, и крайне удивился, когда, открывъ глаза, увидѣлъ-себя лежащимъ на мягкой, теплой постели, въ той самой комнатѣ, на которую недавно смотрѣлъ, изъ оконъ съ улицы.

Женщина стояла у кровати, около нея толпились дѣтки, они съ любопытствомъ смотрѣли на Ваню, улыбались ему... Лампа больше не горѣла, вмѣсто нея комната освѣщалась солнышкомъ.

— Что это такое?— вскричалъ удивленный Ваня, протирая глаза,— гдѣ я, что со мною... или это все еще сонъ продолжается?

— Нѣтъ, дружокъ, это не сонъ, а дѣйствительность.

— Какъ же я попалъ сюда, когда заснулъ на дворѣ? Мнѣ было холодно...сыро... а здѣсь совершенно тепло и сухо.

— Заснулъ ты дѣйствительно на холоду и сырости и заснулъ до того крѣпко, что не слыхалъ, какъ мужъ мой, возвращаясь домой съ поденной работы, замѣтивъ около нашего дома лежащаго ребенка, поднялъ тебя, принесъ въ комнату и уложилъ на кровать.

— Когда же это было?

— Вчера поздно вечеромъ.

— Значитъ, я проспалъ цѣлую ночь безъ просыпу?

— Да; и, можетъ быть, спалъ бы еще и теперь, еслибъ маленькая Маша своей дракой съ котенкомъ не разбудила тебя, — добавила молодая женщина, строго погрозивъ пальцемъ возившейся тутъ же на полугодовалой дѣвочкѣ; — погоди, шалунья, задамъ я тебѣ! — продолжала она, обратившись къ малюткѣ.

— Не пугайте ее, — возразилъ Ваня, — увѣряю васъ, никто не разбудилъ меня, я самъ проснулся и чувствую себя отлично.

— Въ такомъ случаѣ разскажи намъ твои похожденія, мнѣ кажется, мы немного знакомы.

— Какъ же, я еще вчера, сидя подъ вашимъ окномъ узналъ васъ.

— Говори же, что съ тобою случилось съ тѣхъ поръ, какъ мы разстались около дома, гдѣ, согласно написанному на конвертѣ адресу живетъ твой дядя, и какими судьбами очутился ты ночью подъ нашими окнами?

Послѣдній вопросъ молодой женщины напомнилъ Ванѣ его безвыходное положеніе; онъ грустно опустилъ голову, задумался, помолчалъ нѣсколько минутъ, какъ бы что-то соображая, и затѣмъ началъ подробно разсказывать съ самаго начала свою печальную исторію.

Молодая женщина и дѣти слушали внимательно, видимо стараясь не проронить ни одного слова, и когда разсказчикъ въ заключеніе попросилъ позволить ему погостить у нихъ нѣсколько дней, чтобы отдохнуть и съ новыми силами возвратиться обратно къ сельскому священнику, всѣ въ голосъ любезно изъявили полнѣйшее согласіе.

День прошелъ незамѣтно. Ваня игралъ съ дѣтьми и при каждомъ удобномъ случаѣ старался быть чѣмъ нибудь полезнымъ Аннѣ Павловнѣ, — такъ звали мать ихъ. Къ вечеру вернулся домой отецъ съ поденной работы; онъ былъ часовщикъ, ежедневно отправлялся на работу къ часовыхъ дѣлъ мастеру и на вырученныя деньги кормилъ себя и семью, состоявшую изъ жены и шестерыхъ малютокъ, изъ которыхъ старшему, Гришутѣ, было всего восемь лѣтъ.

Усѣвшись за ужинъ, Василій Александровичъ, — такъ звали отца, — заставилъ Ваню вторично разсказать его похожденія, и обѣщался разузнать въ городѣ подробности о дядѣ Степѣ, списавъ адресъ съ конверта, который Ваня, помня завѣщаніе умирающаго отца, постоянно носилъ при себѣ, въ полотняномъ мѣшечкѣ, сшитомъ женою священника и надѣтомъ ею же ему на шею.

— Оставайся у насъ, пока дѣло выяснится, — сказалъ Василій Александровичъ, — мы хотя люди не богатые, но на твою долю у насъ хватитъ, а не хватитъ, такъ Богъ пошлетъ.

Ваня поблагодарилъ его и конечно съ радостію принялъ сдѣланное предложеніе.

Василій Александровичъ на слѣдующій же день началъ наводить справки о дядѣ Степѣ; результатомъ получились достовѣрныя свѣдѣнія о его смерти и о томъ, что послѣ него родныхъ не осталось, такъ какъ дядя Степа былъ не женатъ, и жилъ совершенно одинъ.

— Значитъ мнѣ придется идти обратно къ священнику и просить устроить меня въ пріютъ, какъ онъ хотѣлъ раньше.

— А ты желаешь этого, Ванюша? — спросилъ Василій Александровичъ.

Ваня опустилъ глаза и заплакалъ.

— Что значатъ слезы? Какъ понять ихъ? — продолжалъ Василій Александровичъ, ласково обнявъ мальчика и усаживая къ себѣ на колѣни.

— Не хочется мнѣ въ пріютъ... говорятъ, тамъ худо.

— Нѣтъ, Ваня, думать такъ не слѣдуетъ, и если тебѣ кто сказалъ это, то сказалъ неправду; въ пріютѣ не можетъ быть худо, и еслибы на бѣломъ свѣтѣ не существовало пріютовъ, то бѣднымъ дѣтямъ, у которыхъ нѣтъ ни родителей, ни родныхъ, зачастую бы приходилось умирать съ голоду. Но если тебѣ лучше нравится у насъ, — оставайся, мы возьмемъ тебя охотно, будемъ воспитывать, учить читать, писать и ремеслу какому-нибудь впослѣдствіи, напримѣръ, хотя бы часовщика изъ тебя сдѣлать такого же, какъ я самъ; что ты на это скажешь?

Ваня вмѣсто отвѣта крѣпко охватилъ обѣими рученками шею добраго человѣка.

— Значитъ — рѣшено: съ сегодняшняго дня ты считаешься нашимъ сыномъ! — вмѣшалась въ разговоръ все время молча стоявшая въ сторонѣ Анна Павловна, — сердечно этому рада, и заранѣе знаю, что буду любить тебя не меньше собственныхъ дѣтей.

— Если вы уже такъ добры, что берете меня совсѣмъ, — отозвался Ваня, то вотъ письмо моего бѣднаго папы, писанное къ дядѣ Степѣ; распечатайте его, прочтите что тамъ написано, навѣрное что-нибудь очень важное, — папа велѣлъ мнѣ беречь его и сказалъ, что если я потеряю, то выйдетъ плохо.

Василій Александровичъ сначала не хотѣлъ распечатывать письма, которое ему не принадлежало, и первою его мыслью было бросить конвертъ въ огонь нераскрытымъ, но затѣмъ рѣшился вскрыть, въ виду того, что въ письмѣ легко могла быть сказана какая-нибудь воля умирающаго относительно Вани, а взявъ мальчика въ свою семью навсегда, онъ, конечно, считалъ себя обязаннымъ выполнить эту волю во что бы то ни стало, и въ чемъ бы она ни заключалась.

Такимъ образомъ письмо было распечатано; вотъ его содержаніе:

"Дорогой братъ!

Когда ты получишь это письмо, меня уже не будетъ въ живыхъ; пожалуйста, не откажи исполнить мою послѣднюю волю: во-первыхъ, прими къ себѣ Ваню, онъ круглый сирота, люби его, береги, воспитывай и главное — старайся сдѣлать честнымъ человѣкомъ; во-вторыхъ, немедленно отправься вмѣстѣ съ нимъ на мою мельницу, отыщи по правой ея сторонѣ около оврага большой камень съ высѣченнымъ наверху крестомъ, прикажи бывшимъ моимъ работникамъ отвалить его, и отрой лопатою землю, въ глубинѣ которой хранятся накопленныя мною за всю жизнь деньги. Я завѣщаю ихъ Ванѣ, но такъ какъ онъ еще слишкомъ малъ, распорядиться не съумѣетъ, то пожалуйста возьми на себя трудъ устроить все какъ возможно лучше и выгоднѣе. Еще разъ прошу — береги бѣднаго сироту и не забывай въ молитвахъ искренно любившаго тебя

брата".

Собравшіеся на совѣтъ нѣкоторые друзья и сосѣди Василія Александровича и жена его, слушали чтеніе письма съ большимъ интересомъ; слушалъ также Ваня, нарочно позванный для этого случая со двора, гдѣ онъ игралъ въ горѣлки со своими новыми братьями и сестрами.

— Ваня, ты оказываешься богачемъ!— сказала ему Анна Павловна.

Ваня не придалъ никакого значенія ея словамъ и взглянулъ на нее совершенно безсознательно.

— У тебя много... много денегъ!— пояснила она ему.

— Такъ что же,— отозвался мальчикъ равнодушно,— Богъ съ ними, теперь они мнѣ не нужны, я сытъ, въ теплѣ, вы обо мнѣ заботитесь... вотъ развѣ гостинцевъ купить...— Всѣ присутствующіе разсмѣялись.

— Не надобно теперь, понадобятся послѣ,— возразилъ Василій Александровичъ.— Завтра же соберемся въ путь, мы вмѣстѣ съ тобою отправимся на мельницу.— Лицо Вани вдругъ покрылось блѣдностью, на глазахъ задрожали слезы.

— Что съ тобою?— спросила Анна Павловна.

— Вы хотите тамъ меня оставить?— отвѣчалъ Ваня.

— Нѣтъ же; съ чего ты взялъ это.

— Тогда зачѣмъ же мы ѣдемъ вмѣстѣ?

— Чтобы достать деньги; развѣ ты не понялъ содержанія письма?

— Понялъ; но вѣдь я сказалъ, что онѣ мнѣ не нужны, пусть лежать подъ камнемъ.

— А если ихъ возьметъ кто?

— И отлично; мнѣ ничего не надо. Стоитъ ли ѣхать за такими пустяками!

Василій Александровичъ громко расхохотался.

Ваня убѣжалъ обратно къ своимъ маленькимъ товарищамъ продолжать прерванную игру въ горѣлки, а на слѣдующій день, несмотря ни на какія отговорки, отправился съ часовщикомъ на мельницу.

Во время путешествія онъ видимо тревожился мыслью, что Василій Александровичъ оставить его у священника съ тѣмъ, чтобы помѣстить въ пріютъ, и Василію Александровичу стоило большихъ усилій разувѣрить его, но въ концѣ-концовъ онъ успокоился.

Батюшка очень радъ былъ узнать, что маленькій сиротка цопалъ въ хорошія руки; онъ крайне удивился, когда узналъ о смерти дяди Степы, и еще того больше, о содержаніи письма покойнаго мельника.

— Скажите пожалуйста,— замѣтилъ онъ Василію

Александровичу, — ужъ какъ мы были дружны, а между тѣмъ, покойникъ никогда не сообщалъ мнѣ о деньгахъ, — и какая странная идея закопать ихъ въ землю!

— Бываютъ подобныя фантазіи; однако, не станемъ терять понапрасну времени, отправимтесь на поиски камня съ высѣченнымъ наверху крестомъ.

Поиски скоро увѣнчались успѣхомъ; камень оказался именно на томъ мѣстѣ, какъ писалъ мельникъ. Съ помощью призванныхъ рабочихъ, его немедленно отвалили, и Василій Александровичъ живо дорылся до закопанной въ землѣ небольшой, краснаго дерева, шкатулочки; ключъ висѣлъ тутъ же и былъ привязанъ къ скобкѣ толстыми снурками; онъ уже успѣлъ потемнѣть и заржавѣть, но тѣмъ не менѣе часовщику удалось безъ особеннаго труда отомкнуть имъ шкатулку, въ которой лежало нѣсколько толстыхъ пачекъ сотенныхъ бумажекъ. Бережно пересчиталъ онъ ихъ вмѣстѣ со священникомъ, записалъ и отправился въ обратный путь.

По пріѣздѣ въ городъ, Ваня навсегда поселился и устроился въ семьѣ добраго часовщика, который, положивъ деньги въ банкъ на сохраненіе, не только никогда ни въ чемъ не отличалъ мальчика-сиротку отъ собственныхъ дѣтей, но еще заботился о немъ и баловалъ подчасъ гораздо больше.

По правдѣ сказать, трудно было не любить и не баловать Ваню, — до того онъ оказался кроткимъ, послушнымъ и услужливымъ. Анна Павловна въ немъ души не чаяла; о дѣтяхъ и говорить нечего.

Время незамѣтно шло впередъ; проходили недѣли, мѣсяца, годы; Ваня росъ и мужалъ. Когда ему минуло десять лѣтъ, Василій Александровичъ отдалъ его въ школу; онъ оказался очень смышленымъ и чрезвычайно скоро научился довольно порядочно читать и писать.

Въ свободное отъ уроковъ время онъ забѣгалъ къ часовщику, гдѣ работалъ его пріемный отецъ, и съ любопытствомъ слѣдилъ за ходомъ дѣла, а затѣмъ когда изъ ребенка превратился во взрослаго человѣка, то, женившись на бывшей маленькой Машѣ, перетащилъ всю семью на старую отцовскую мельницу, возобновилъ ее и, по примѣру покойнаго отца, зажилъ на ней, какъ говорится, припѣваючи.

www.ingramcontent.com/pod-product-compliance
Lightning Source LLC
Chambersburg PA
CBHW020341260626
47156CB00004B/1631